사표 내고
도망친
스물아홉살
공무원

사표 내고 도망친 스물아홉살 공무원

ⓒ 여경 2019

초판 1쇄	2019년 11월 14일		
지은이	여경		
출판책임	박성규	펴낸이	이정원
편집주간	선우미정	펴낸곳	도서출판 들녘
편집진행	이수연	등록일자	1987년 12월 12일
디자인진행	조미경	등록번호	10-156
편집	박세중	주소	경기도 파주시 회동길 198
디자인	김정호	전화	031-955-7374 (대표)
마케팅	김신		031-955-7381 (편집)
경영지원	김은주·장경선	팩스	031-955-7393
제작관리	구법모	이메일	dulnyouk@dulnyouk.co.kr
물류관리	엄철용	홈페이지	www.dulnyouk.co.kr
ISBN	979-11-5925-482-6 (03810)	CIP	2019043627

이 도서의 국립중앙도서관 출판예정도서목록(CIP)은 서지정보유통지원시스템 홈페이지(http://seoji.nl.go.kr)와 국가자료공동목록시스템(http://www.nl.go.kr/kolisnet)에서 이용하실 수 있습니다.

값은 뒤표지에 있습니다. 파본은 구입하신 곳에서 바꿔드립니다.

사표 내고 도망친 스물아홉살 공무원

여경 지음

들녘

차례

세상이 너무나 추워서,

공무원이 되었습니다

공무원 퇴사 그 이후,

용기 내어 천천히 걸어가는 가장 나다운 삶

이번엔 내 호흡에만 집중하며

살아보겠습니다

대한민국 22만 수험생의 간절한 꿈 공무원. 이 세 글자를 자기 인생에서 지워버린 정신 나간 사람. 그렇다. 나는 대한민국 공무원으로 살기를 거부했다. 청년 실업으로 골머리를 앓고 있는 대한민국에서 안정적인 정규직을 버린 '흙수저' 청년을, 세상은 분명 정상이라고 말하지 않는다.

◇ ◇ ◇

공무원 사직서를 내던 날 밤, 처음 9급 공무원 합격 소식을 들었던 그날을 떠올렸다. "이제 대한민국 평균은 되겠구나"라는 안도감을 느꼈었다. 실제로도 그랬다. 정말 딱 평균의 사람이 되었다. 넉넉하진 않았지만 매달 들어오는 월급 덕분에 특별히 가난에 쪼들리지는 않았다. 또 정년과 신분이 보장되는 덕분에 적당히 안정적인 삶을 살 수 있었다. 하지만 겉과 다르게 내면은 늘 가난하고 불안했으며, 공허했다.

'그냥 남들 사는 만큼만 살면 되지. 요새 청년들에겐 일자리도 부족한 게 현실인걸. 우리는 어차피 우리가 갇힌 환경에서 벗어나지 못할 거야. 내가 나를 바꿀 수 있다 해도 뭐 인생 얼마나 변하겠어.'

이런 말을 무심코 내뱉게 되는 순간들의 연속. 그것이 바로 나의 삶이었다. 내가 원하는 대로 살 수 있다는 말은 사치 같았다. 아니, 애초에 내가 원하는 것이 무엇인지도 알지 못했다. 물 밖에 나와 아가미를 헐떡거리며 본능적으로 조금이라도 생명을 연장해보고자 바동대는 한 마리의 물고기. 그게 예전의 나였다.

사회가 변해야 한다는, 변할 수 있다는 생각은 거의 제로에 가까웠다. 당장 나의 생존이 중요했고 어떻게든 도태되지 않아야 한다는 생각뿐이었다. 마치 정규직이 되었다고 이제 비정규직의 처우나 인권은 나 몰라라 하는 것처럼, 안정된 직장에 안착했으니 나에게는 앞으로의 장밋빛 미래를 꿈꿀 일만 남았다고 생각했다. "이만큼 행복한 삶이 어디에 있니. 대한민국에서 좋은 직업으로 손에 꼽는 공무원이 되었잖아." 좀 더 솔직하게 말해볼까. 공무원이 되고 나니 지금의 사회구조가 나를 더 우쭐하게 만들어주는 느낌이라서, 오히려 그런 상황을 즐기게 되었다.

그렇기에 목표를 이룬 후 숨을 돌리는 과정 가운데, 내가 공무원과 어울리지 않는 사람이라는 것을 알게 되자 좌절감은 극에 달했다. "안 돼. 나는 공무원이 성향에 맞는 사람이어야 해. 더 나은 삶 따윈 없어." 대다수가 말하는 행복의 기준에 부합하는 삶을 살고 있었으나 정작 그 안에 '나'라는 인간의 행복은 없었다. 사명감이 없어 나라에 도움이 안 되고, 공무원으로서의 일이 내 적성이나 흥미와도 맞지 않아 공장의 기계처럼 매일 꾸역꾸역 힘겹게 몸뚱이를 옮기는 나를 보며, 그제야 내 또래의 청년들이 공무원으로 내몰릴 수밖에 없는 사회구조가 지독하게도 슬퍼졌다.

◇ ◇ ◇

나는 내내 두려웠다. 내 마음의 소리를 듣는 것이. 다수가 말하는 좋은 삶과 다른 길을 가자고 할까 싶어 나는 나를 외면했다. 슬펐다. 내가 세상이 반기는 물줄기로 흐르지 못하고 자꾸 돌부리에 걸려 터덕거린다는 사실이. 그래서 그런 나를 붙들어 가둬두고 싶어 공무원 시험을 봤다. '안정적'이라는 단어가 주는 달콤함은 유혹적이었기에. 어렵게 합격을 했고 이제 '다 이루었다'는 안도감이 들었지만 그날 이후 내 몸과 마음은 무너져 내리기 시작했다. 처음엔 으스러지는 것처럼 아팠지만 점점 그런 표현만으로는 나의 상태를 말하기 어려워졌다. 나는 한여름의 햇볕 아래 타들어가는 더위 속에서 녹아내려, 형체를 잃어가는 아이스크림 같았다. 그때 알았다. 늘 모범생으로 살며 주변의 시선에 따라 내 선택을 결정짓던 지난날들이 모여 나를 병들게 했다는 것을. 나는 지쳐 있었다. 남들의 시선 따위는 상관없이 내가 원하는 대로 살아보고 싶었다. 외국행을 결심했다. 해외 취업에 도전하자고. 이 나라를 떠나자고. 그렇게 공직에 몸담은 지 삼 년째 되는 해의 어느 날, 퇴사를 감행했다.

◇ ◇ ◇

'워라밸'을 간절히 원하는 사람들도 있다지만, 나라는 인간은 내가 하는 일 속에서 존재의 의미를 찾아야 행복한 사람이었다. 때문에 깨어 있는 시간의 반절 이상을 보내는 직장에서 그저 돈 때문에 일하고 싶지만은 않아 끊임없이 변화를 추구했다. 사내 아나운서 활동을 하고 K-POP 댄스 동아리에서 활동하며 댄스 지도사 자격을 취득했다. 주말이면 영어 회화 공부를 하고 매일 헬스장에 다니며, 막연하게 더 나은 내일을 꿈꾸었다. 하지만 그 어떤 노력을 해보아도 하나의 조직 속에서 그저 톱니바퀴처럼 살아야 한다는 한계가 명확했다.

그렇게 정년까지 내 생의 대부분을 살아낼 자신이 없었다. 정말 인간은 평생 아침 아홉 시에 출근해서 저녁 여섯 시에 퇴근하는 삶을 살 수밖에 없는지, 정녕 그것이 모두에게 좋은 삶인지 의문이 들었다. 하지만 갇힌 환경을 벗어날 용기도 없고 방법도 몰랐기에 그저 그렇게 매일 출퇴근길에 눈물을 쏟아내며 액셀을 밟았다. 때로는 심장이 너무 아파 숨이 쉬어지지 않았고, 매일 밤 나를 놓아주지 않는 불면증에 시달렸다. 이때의 후유증이었을까. 퇴사한 이후 외국 땅을 밟기도 전에 몸의 이상이 발견되었다. 어느 날은 앞이 보이지 않아 밤낮 침대에 갇혀 누워 있어야 했다. 몸은 솔직하다. 나보다 먼저 나의 상태를 인지하고 내게 늘 신호를 보내오고 있었으니까. 그 신호를 무시하고 '무조건 앞으로' '더 빨리'를 외친 건 결국 나 자신이었다.

◇ ◇ ◇

퇴사를 결심한 이후 틈날 때마다 근처 도서관을 찾아가 책 속의 다양한 사람들을 만나 가르침을 받았다. 시대와 인종을 뛰어넘어 다양한 삶을 살아가는 많은 이들의 모습을 접하며, 나는 세상이 변하지 않아 내가 불행한 것이 아니란 걸 알았다. 세상을 탓하며 외부 환경이 나아지길 기다리기보다는 내가 먼저 변하기로 마음먹었다. 그때부터 지금까지 주말마다 왕복 사백 킬로미터 거리를 오가며 철학과 역사, 멘탈 트레이닝mental training 등 학창 시절과는 차원이 다른 자발적인 공부, '진짜 공부'를 해왔다. 대체될 수 없는 진짜 실력을 쌓기로 한 것이다.

더 이상 있는 그대로의 나를 외면하고 싶지 않았다. 이 책은 내가 나로부터 등 돌리지 않기 위해 안간힘 쓰며 저항했던, 퇴사 전과 후 약 오 년간의 기록이다. 퇴사 후 나는 나의 작은 몸짓과 표정, 가느다란 숨소리마저 놓치지 않았다. 늘 바쁜 일상을 보내며 주변의 시선에 신경을 곤두세우고 사는 것을 거부하고 잠시 나에게 자유를 허락하기로 했다.

"인내심이 없다" "루저다" 혹은 "불효녀다"라고 힐난하는 그 어떤 목소리에도 흔들리지 않고, 내 머리와 마음을 휘젓는 진실과 마주했다. 세상은 내가 망할 거라 말했지만 나는 망하지도 않았고 나름 잘 살아가고 있다. 나는 살아 있다. 온전히 그저 내 모습 그대로. 누구도 침범하지 못할 나만의 세계를 구축하며 그 어느 때보다 행복하게. 그리고 이제는 그 세계 안에 타인들도 초대하고 싶다. 타인의 세계와 만나 더 크고 멋진 세계관을 구축해나가고 싶다.

세상이 너무나 추워서,

공무원이 되었습니다

후회하지 않는다면 거짓말이겠지만

가끔 사람들이 묻는다.

"공무원 관둔 거 후회 안 해?"

그러면 나는 대답한다.

"후회할 때도 있지."

이렇게 바로 대답이 나올지 몰랐는지 상대방은 당황하
곤 한다.

"그렇구나. 역시 공무원이 제일인가 보네."

괜히 아픈 곳을 더 깊게 찔러 미안하다는 듯 그 사람은
겸연쩍은 표정을 지으며 화제를 돌린다. 그럴 때면 난 환하게
웃어주곤 한다.

"그런데 말이야. 나 너무 행복해."

◇ ◇ ◇

나는 스스로를 알고 있다. 공무원을 계속했든 아니든, 어차

피 나중에 한 번은 꼭 후회했을 것이다. 인간은 가끔 '내가 선택하지 않았던 그 길로 걸어갔다면 어땠을까?'라는 상상을 해보기 마련이다. 지금 택하여 걷고 있는 길이 버겁다고 느껴질 때면, 택하지 않았던 다른 선택지에 괜한 미련이 생기기도 하니까. 모든 일에는 장단점이 있다. 우리는 낮과 밤을 동시에 누릴 수 없다. 또 여름에는 너무 더워서 '아 겨울이 낫네' 생각하다가도, 막상 살을 에는 혹독한 추위를 맛보는 겨울이 오면, 다시 여름을 기다리는 것이 우리 인간의 모습이다. 우리는 이렇게 모순된 존재이다.

그러니까, 두 개의 선택지 중 하나를 고심해서 골랐다면 당연히 다른 것에 대한 미련은 버리는 것이 정신 건강에 이롭다. 그러나 그걸 누가 모르겠는가. 다 알면서도 어느 날 문득, 이제는 남의 떡이 되어버린 다른 선택지의 장점이 너무 커 보일 때가 있다. 여기에 자연스럽게 그 떡이 내 것이 될 수도 있었다는 생각까지 올라오면, 위장이 꼬이고 더욱 마음이 허해진다. 공무원, 참 좋은 직업이다. 매달 안정적으로 들어오는 월급과 복지카드 혜택, 사기업에 비해 눈치 덜 보고 쓸 수 있는 육아휴직. 정년까지 보장되는 일자리에 아무리 줄어들었다고 해도 국민연금보다는 낫다고들 말하는 공무원연금. 요즘 같은 세상에 이런 일자리가 어디 흔하겠는가. 아니, 이런 것들 다 제쳐놓고서 당장 취업만 해도 감사하겠다는 청년들의 울음소리가 날이 갈수록 커지고 있는 현실이다. 그런데 살면서 이 화려한 목록들에 미련이 남지 않는다고 말하면, 당연히 거짓말이다.

다만 나에게는 더 중요한 가치가 있었을 뿐이다. 다수가 옳다고 말하는 삶보다, 비록 뒤따르는 수많은 어려움을 감수해야 한다 해도 '나'라는 사람에게 적합한 삶을 살고 싶었을 뿐이다. 현재 대한민국에서 '그나마 좋은 직장'이라고 불리는 직장이 자신에게도 무조건 좋을 것이라고 생각해버리는 건 분명한 오산이다. 우리는 저마다 다르다. 물론 기본적인 생계를 보장받는 것은 누구에게나 중요한 문제지만, 경제가 어려운 상황일수록, 또 집단의식을 강조하는 곳일수록 개인의 개성이 쉽게 묻히기 마련이라는 사실을 또한 잊지 말아야 한다.

가끔 나에게 퇴사에 관한 고민을 털어놓고 조언을 구하는 사람들이 생겼다. 어떻게 그렇게 힘들게 공부해서 합격한 공무원을 쉽게 관두고 새로운 도전을 할 수 있었느냐고 묻는다. 정말 대단하다고 나를 추켜세워주며, 자신은 몇 년째 고민만 하고 행동으로 옮기지 못한다며 스스로 한심하다고 깎아내리는 사람들도 있다.

나는 공무원을 퇴사한 행위 자체가 멋지다거나 용기가 필요한 행동이라 생각하지 않는다. 마찬가지로 고민만 거듭하며 그 자리에서 버티는 사람이 한심하다고 생각하지도 않는다. 더불어 공무원을 비롯하여 사회에서 인정하는 좋은 직장에 다닌다는 이들을 봐도 크게 부러움이 생기지도 않는다. 모든 사람들은 자신의 위치에서 '자신만의 최선'을 찾기 위해 매일 고군분투하며 살고 있지 않은가. 그렇기에 쉽사리 조언을 늘어놓지는 않지만, 다시 그때로 돌아가도 나는 분명 똑같이 행동했을 것이라는 말을 덧붙이는 것만은 잊지 않는다.

후회 없는 인생을 살라는 조언들이 많지만 그 말을 별로 좋아하지 않는다. 후회하지 않으려, 혹은 최고의 선택을 하고자 아등바등 나를 옥죄며 살고 싶지 않다. 차라리 후회할 수 있음을 인정하고, 후에 그런 상황이 오면 그 즉시 마음껏 후회하고 털어버리는 것이 낫다는 주의다. 경험상 나에게는 이 방법이 훨씬 편했다.

사람은 시간이 흐르고 나면, 과거 자신의 행동에 대한 확신이 흐려지는 경향이 있다. 분명 그 당시에는 그렇게 행동한 이유가 있었고, 설사 남들은 이해 못 한다 할지라도 그건 분명 당시의 내가 열심히 고민하여 내린 최선의 선택이었으리라. 하지만 시간이 지나면 그때의 나를 쉽사리 잊곤 한다.

그런 나의 연약함을 너무 잘 알고 있었기에 퇴사를 계획한 이후, 매 순간의 감정과 상황을 기록으로 남겨두곤 했다. 아침에 일찍 출근해서 메모를 해두기도 하고 퇴근한 이후 밤에 일기장에 적기도 했다. 후에 흔들리지 않고 나의 결정을 밀고 나가는 데 이때 모인 기록들이 큰 도움이 되었다.

요새도 가끔 살다가 힘이 들 때면 '아, 그때 그런 선택을 하지 말걸'이라는 후회가 밀려올 때가 있다. 살면서 누구나 그런 날이 있으리라. 꼭 지금 상황이 힘들어서라기보다는, 지나치게 감상에 젖어 자기연민에 빠지곤 하는 날. '그 사람과 헤어지지 말걸' '그런 선택을 하지 말걸' 등. 사람마다 그 내용은 참으로 다양하다.

그럴 때마다 초콜릿을 잘근잘근 씹으며 지난 기록을 펴 본다. 그러면 더 나은 선택을 하려 안간힘을 썼던 과거의 나와 만나게 된다. 갑자기 입가에 웃음이 번진다. 그날의 나에게 괜히 미안해진다. "미안해. 내가 또 나를 믿어주지 못했구나. 분명 최선을 다해 살아왔는데 말이야. 늘 같은 실수를 반복하네." 한참의 시간이 흐른 뒤에 '그때의 나는 너무 어렸다'며 과거의 자신을 나무라는 것도 곤란하다. 이제는 선택 이후의 상황을 알고 있다고 해서, 그것이 어린 날의 나에게 폭력을 가하는 것을 정당화해줄 근거는 되지 않으니까.

◇ ◇ ◇

그래서 앞으로도 나는 마음껏 후회하며 살 것이다. 전전긍긍하며 괴로워하기에는 매 순간 최선을 다해온 '과거의 나'에게 너무 미안하기 때문이다. 차라리 후회할 수 있을 만큼 좀 더 현명해진 지금을 기뻐하고, 곧 과거가 될 '찬란한 이 순간'에 온 마음을 쏟기로 다짐해본다.

공무원이 되기로 마음먹은 이유

함께 대학을 다녔던 동기들 중에, 현재 공무원으로 일하고 있는 친구들이 많다. 하지만 이들 가운데 대학에 입학할 때부터 "나는 9급 공무원이 꿈이야"라고 말했던 사람은 별로 없다. 청소년기로 거슬러 가보아도 마찬가지다. 심지어 나는 늘 이런 말을 입에 달고 살았다.

"무슨 일이 있어도! 공무원은 절대 안 할 거야. 외국을 돌아다니며 자유롭게 살고 싶어."

그 당시의 나에게 공무원은 매우 폐쇄적인 집단처럼 느껴졌다. 겉으로 보이는 단편적인 모습만 보고 공무원이라는 직업은 나라는 인간의 성향에 맞지 않는다고 생각했다. 막연하게 '초등학교 교사'처럼 '안정적인 좋은 직업'이라고만 알고 있었을 뿐, 공무원이 되면 무슨 일을 하는지도 정확히 알지 못했다. 공직에서 일하는 사람들이 그토록 다양한 직군으로 나뉘어 다양한 업무를 수행한다는 사실도 훗날 직접 공무원으로 일하면서야 알게 되었다.

◇　◇　◇

스무 살이 되기 전부터 나는 내 자신에 대한 궁금증이 많았다. '나는 어떤 사람일까? 나는 무슨 가치를 추구하며 살아야 할까? 무슨 일을 하며 살면 좋을까?' 그렇기에 학교에서 주관하는 진로 관련 행사가 있으면 줄곧 참여하였고, 내가 무엇을 좋아하는지 알 수 있는 일이라면 항상 쫓아다녔다. 영자신문사에서 기자로 일하며 해외 취재를 다니는 일은 매 순간 행복했다. 팀을 이루어 공모전이나 창업 경진대회에도 나가보고, 해외 봉사도 지원해보았다. 학교 홈페이지나 게시판을 자주 들여다보며 어디 재미있는 일이 없나, 호시탐탐 기회를 노렸다. 무엇인가에 도전해서 부딪치고 경험을 통해 배움을 얻는 일에 강한 욕망이 있었던 것 같다. 낯선 환경 속에서 길을 찾고 새로운 것을 만들며, 도전하는 데서 희열을 느꼈다. 같은 일이 주어져도, 좀 더 효율적으로 혹은 즐겁게 할 수 있는 방법은 없는지 고민하고 실험해보는 일이 흥분되었다. 남이 지정해준 매뉴얼대로 움직이기보다는 스스로 어떤 목표를 세워놓고 그것을 달성하는 데서 만족감을 느끼곤 했다. 혼자 하기보다는 사람들과 팀을 이루어 머리를 맞대고 성과를 내는 데서 기쁨을 느꼈고, 배운 것들을 통해 다른 이들과 소통하고 교류할 때 살아 있다는 느낌을 받았다. 나는 여러 경험을 통해 나답게 산다는 것이 무엇인지 조금씩 익혀나갔다.

그래서일까. 매년 적성검사를 새로 받을 때면 일관되게 '기업가&활동가'형으로 구분되었다. 공무원에 적합한 성격 유형이라 일컬어지는 '관습형'이나 '봉사형' 점수는 늘 최하위였다. 그러다 보니 자연스럽게 공무원이라는 세 글자는 내 삶에서 너무나 멀고 먼 단어가 되었다. 내가 생각하는 공무원은 늘 같은 자리에 앉아 서류를 처리해주고 반복되는 업무를 수행하는 사람들이었다. 관심 자체가 별로 없었으니 그런 단편적인 모습들로 공무원을 판단하게 된 것 같다. 민원인을 상담해주고 국가의 이익을 위해 봉사하는 직업. 나에게는 전혀 매력적으로 다가오지 않았다. 그런 내가 왜 공무원 시험을 준비하게 되었던 것일까?

9급 공무원. 오늘날 취업 시장에서 신처럼 떠받들어지고 있는 다섯 글자. 갈수록 경제 사정이 어려워지고 있는 대한민국 현실 속에서 이런 현상은 앞으로 얼마나 더 심화될까. 금융자본을 갖지 못한 서민들에게는, 한 치 앞도 알 수 없는 대한민국의 미래가 희망보다는 절망으로 다가올 수밖에 없다. 국가가 나의 안전을 보장해주리라는 기대는 애초에 버린 지 오래다. 한강의 기적이라 불리는, 빠른 경제 성장에 대한 추억도 이제는 한국사 교과서에나 나오는 옛이야기가 되어버렸다.

'빠르게 변해가는 이 시대에 그나마 내 밥벌이를 지키는 방법은 국가에 소속된 일자리를 가지는 것이 아닐까 싶다. 적어도 국가는 망하지 않을 테니까.'

이런 말들을 참 많이 듣게 되는 요즘이다.

◇ ◇ ◇

가끔 '노력하면 무조건 이루어진다. 부지런하게 열심히 살아라'라는 웃어른들의 말씀을 들으면 가슴이 답답해진다. 숨까지 턱턱 막힌다. 이제는 열심히만 살면 성공한다는 말이 허상이라는 것을 초등학생들도 알고 있다. 부모님 세대의 어려움을 눈으로 빤히 보고 자란 우리이기에, 이러한 상황 속에서는 차라리 일찍부터 공무원 시험 준비를 하는 것이 효도라고 느껴질 정도다. 잘 모르겠지만 자신을 위해서도 그것이 최고의 선택이라 여겨진다.

나도 별반 다르지 않았다. 취업은 어렵다 하고 당장 먹고살 방도는 찾아야 했다. 집값을 비롯하여 각종 빚에 허덕이며 힘들게 살아가는 윗세대의 어른들을 보며, 마음이 더 조급해졌다. 꿈을 좇는다는 것은 신선놀음처럼 느껴졌다. 어릴 때부터 눈에 띄게 드러난 특출한 재능도 없다. 위대한 사람이 되겠다며 원대한 포부를 말하면 박수를 받던 어린 시절과 달리, 사회생활을 하면서부터는 늘 '튀지 말고 중간만 따라가라'는 말에 익숙해지기 시작한다. 나 또한 '냉정하게 보면 나는 별 볼 일 없는 평범한 사람 중 하나일 뿐'이라는 자괴감을 느꼈다. 그래서 공무원 시험을 택했다. 어른이 되면 사랑하는 일을 하며 즐겁게 살고 있을 줄 알았는데, 그래서 학창 시절에 그렇게 공부에 매달렸는데, 현실은 너무 잔혹했다.

공무원 시험에 합격하면 무슨 일을 하는지, 정확히 어떤 생활을 하게 되는지 알아보지도 않았다. 그건 그리 중요한 문제가 아니었다. 남들이 그게 낫다고 하는 데는 다 이유가 있지 않겠는가. 당장 한 문제 더 풀 시간도 아쉬운 마당에, 무슨 정보 탐색이란 말인가. 그냥 일단 무조건 빨리 붙고 보자는 생각이었다. 공무원 수험생 시절에는 항상 기가 죽어 있었다. 늘 집에서 마주치는 가족들에게 미안하고, 요새 뭐 하고 사는지 물어보는 사람들에게 눈치가 보였다. 구질구질해 보이는 지금의 나에게서 탈출하는 것만이 유일한 목표였다. '어쩔 수 없으니까' '우리나라에서 흙수저에게는 이 직업이 제일 나으니까' 이를 악물고 버텨야 한다는 마음이었다. 붙고 나면 지금의 어려움은 다 보상받을 수 있겠지. 그러나 분명 나의 선택임에도 불구하고 사회의 희생양이 된 것처럼 느껴지는 마음만은 어쩔 수 없었다.

주변 친구들에게 "나 공무원 시험 보려고"라고 말하면 반응은 한결같았다.

"그래. 너마저도 결국."

사회 초년생, 그 화려한 스타트업

내 남동생은 올해 대학을 졸업했는데, 그 또래의 친구들과 대화를 하다 보면 하고 싶은 일, 혹은 갖고 싶은 직업이 없다고 말한다. 결혼도 포기했다고 한다. 연애? 귀찮다. 연애도 다 돈이 드니까. 취업 준비하는 것만도 경제적으로 버거운 이 시점에 어떻게 데이트 비용까지 감당한단 말인가. 과학기술이 더욱 발달하면서 세상 살기 편해졌다지만 그건 저 멀리 안드로메다에 사는 돈 많은 사람들의 이야기다. 열정을 좇아라, 꿈을 찾아라, 창업에 도전해라, 이런 말들도 초기 자본이 있는 사람들에게나 해당되는 이야기다. 아무리 오늘날 평생직장, 평생직업이라는 건 없다고 하지만, 당장 하루 일할 직장도 없는 불안정한 청년들에게 미래를 대비하라는 말은 참 답답하게 느껴진다.

누군가 답을 알려줬으면 싶지만 모두에게 해당하는 답 따위는 없다. (이것은 명백한 현실이다.) 그래서 우리는 끊임없이 인터넷 검색창이든 유명한 사람이든 점쟁이든 어딘가에 의지하고 싶어진다. 취업해야 한다는 것도 알고 성인이면 경제적으로 자립해야 한다는 것도 모르지 않는다. 하지만 마냥 돈을 위해 나를 희생하며 살고 싶지는 않다고 말한다. 그런데 또 그렇다고 하고 싶은 일의 상이 명확한 것도 아니다. 아는 직업들은 한정되어 있다 보니 도무지 무엇을 해야 할지 막막하다. 글로벌 시대라 하니 외국에라도 나가야 하나, 주변 사람들은 열심히 살고 있는데 나만 멈춰 있나 싶어 답답할 때도 많아 일단 보편적인 '스펙 쌓기'에 전념해본다.

내 경우 대학 생활은 진로를 결정하기엔 너무 짧았다. 자꾸 적성에 맞는 일을 찾아서 하라는데 어떻게 그걸 이 짧은 시간 안에 찾으라는 건지 답답함만 가득했다. 대입 전형에서 '일단 수능 점수에 맞춰서 지원하고 보자'라는 마음으로 선택한 전공은 막상 나중에 벗어나고자 해도 쉽지 않았다. 그렇다고 남들이 다들 한 번쯤 준비해본다는 대기업 입사나 공무원 시험을 준비하고 싶지도 않았다. 정말 그것만이 지금의 나에게 가장 좋은 삶이라 말할 수 있을까. 내 안에 그곳에 가고 싶은 이유와 명확한 목표가 없는데 대체 왜 주변에 휩쓸리듯 다짜고짜 취업 준비를 해야 할까, 의문만이 가득했다. 남들이 다 가려 하는 그곳이 정말 나에게도 최선의 길일까?

그런 고민들이 깊어지다 보니 자연스레 도서관에 가서 책을 찾아보게 된 적도 있다. 성공한 사람들의 책을 찾아보고 심리, 철학, 역사 등 다양한 분야의 책들을 들춰보기도 했지만 그럴수록 지금의 어려운 현실과 괴리감이 생겨 바보가 된 기분이 들었다. '그들은 운이 좋았잖아' '이런 좋은 환경이 있었잖아'라며 오히려 자신감이 떨어지곤 했다. 어린 시절 재능이란 선물이 툭 튀어나와, 일찍부터 자기만의 길을 걷는 사람들에게 이유 모를 질투와 부러움이 있었다.

　　포기하지 않고 현실에 충실하며 꾸준히 찾아가다 보면 조금 늦을지언정 나중에라도 자신의 재능이 드러날 수도 있다는 것을 그때는 몰랐다. 빠르게 결정해야 하는 줄 알았다. 이십 대는 인생의 많은 것을 좌우하는 시기라고 배웠으니까. 그러다 보니 남들과 차별화된 부분 없이 사회의 부속품처럼 보이는 내가 한심하게만 느껴졌고, 눈에 보이는 스펙을 쌓을수록 내면의 공허와 초라함은 점점 더 나를 갉아먹어갔다.

◇　◇　◇

그런 나의 마음을 아는지 모르는지 시간은 속절없이 흘러 어느덧 대학을 졸업할 때가 다가오고 있었다. 사회적 시간표에 맞춰 나 역시 취직의 문턱에 부딪쳐야 하는 시기가 되었다.

고등학교 때는 대학에 가서 자신의 길을 탐색해도 늦지 않다고 말한다. 그런데 막상 대학에 와서 내가 걷고 싶은 길을 찾고자 이것저것 하고 있으면, 이제는 대학교 삼 학년이 되었다면서 슬슬 취업 준비를 하라고 한다.

'왜 나는 일찍 내 재능을 발견하지 못할까? 재능은 정말 특별한 사람들만 가진 것일까? 나는 정말 공부밖에 할 수 있는 것이 없을까? 그렇다고 공부를 특출나게 잘하는 것도 아닌데. 난 대체 무엇을 잘하지? 무엇을 좋아하지?'

조급해지기 시작했다.

이십 대는 인생 전체를 놓고 보면 매우 어린 나이임에도, 막상 그 시기를 사는 우리로서는 모든 인생이 그때 결정된다고 생각하게 된다. 심지어 서울에 있는 대학에 다니는 친구들과 지방대에 다니는 친구들 간의 차이도 어마어마한 장벽처럼 느껴진다. 대학 서열이 내 인생 전부를 결정한다고 착각하게 되기 때문이다. 나만 해도 이십 대에 당장 뭔가를 이루지 않으면 서른 살 이후에는 아무것도 아닌 사람이 되어 그대로 인생이 끝나버리는 줄로만 알았다. (지금 나는 서른이 넘었지만 여전히 잘 살아가고 있다.) 그렇기에 어서 내 인생의 항로를 결정지어야 한다고 믿었다. 그도 그럴 것이 내가 나 자신을 찾아가는 그 여정에서 사회는 지지는커녕 자꾸 방해만 하는 것 같았다. 한 치 앞도 모르는 미래에 대한 두려움을 추스르기도 버겁던 시절, 사회는 자꾸 빨리 너의 다음 진로를 정하라고 채찍질을 해대는 존재같이 느껴졌다.

마침 그때 창업 경진대회에 나갔던 일이 떠올랐다. 정말 기억에서 지워버리고 싶은 날이었다. 엄청난 창피를 당하고 '참가상' 수준에 가까운 장려상을 받았지만, 그래도 무대에 올라 전문가들의 냉철한 질문을 받았던 그 순간이 나에게 담력을 쌓아주었다.

"대체 여경 참가자는 창업을 하고 싶은 명확한 이유가 무엇인가요? 창업이 장난입니까?"

"아 그게 아니고요, 저는……."

우물쭈물하는 사이 내게 주어진 발표 시간이 끝났고, 밤새 준비한 프레젠테이션 자료는 한순간에 쓰레기통에 처박혔다. 이 모든 것이 십오 분 사이에 벌어졌고, 그때는 심사위원들이 마냥 야속하게만 느껴졌다. 하지만 곧이어 함께 참가한 경쟁자들의 간절한 눈빛이 나를 부끄럽게 만들었다. 특히 대상을 받은 두 남학생의 철저한 분석에 기반한 데이터 표가 머릿속을 떠나지 않았다. 왜 갑자기 그날의 기억이 섬광처럼 머리를 스치며 나를 사로잡았던 걸까. 불현듯 이런 생각이 들었다.

"아예 처음 시작하는 기업에 들어가서, 함께 성장하며 밑바닥부터 배워보는 것은 어떨까? 그게 내 성향과 잘 맞지 않을까? 젊을 때 고생은 사서도 한다잖아."

◇　◇　◇

'고민은 신중하게, 행동은 빠르게.' 젊은 날의 나를 지배하던 주문이다. 지인에게 정보를 얻어, 통신 관련 스타트업에 이력서를 냈다. 이때만 해도 나는 영화나 드라마 속 주인공처럼 내 인생에 행복이 가득할 거라 믿었다. 이후 닥칠 수많은 시련들을 미처 알지 못한 채.

초
라
한

컴
백

홈

스타트업이라서 그런지, 다들 젊었다. 사장님을 제외하고 대략 여섯 명 정도의 직원으로 구성된 회사가 드디어 시장이라는 험난한 바다를 향해 돛을 올렸다. 미래가 불안정한 기업에 들어간다는 것이 고민스러웠지만, 그보다 더 걱정되는 일은 따로 있었다. 회사가 다른 지역에 있었기 때문에, 사무실 근처에 방을 얻어 혼자 살아야 했던 것이다. 혼자 사는 것은 상관없었지만, 수중에 남아 있는 돈이 대학 때 모아둔 이백만 원밖에 없다는 것이 문제였다. 이것저것 따질 새도 없이 근처의 제일 싼 고시원에 방을 잡았다. 공동주방을 쓰는 곳이었고 방에 가구라고는 책상과 침대, 딱 두 개뿐이었다.

당시 우리 집은 부모님의 사업 실패로 경제적인 어려움에 처해 있었다. 학비는커녕 생활비조차 지원받을 수 없는 형편이었기에, 나에겐 졸업 후에도 막대한 학자금 대출금이 남아 있었다. 늘 나의 결정을 지지해주던 어머니도 내심 내가 안정된 직장에 들어가기를 바라시는 눈치였다. 그때만 해도 장녀로서의 막중한 책임감에 휩싸여 있었던 나다. 부모님이 원하시는 길을 가지 않았다는 괜한 죄책감 때문일까. 나는 더욱 스스로의 힘으로 잘 사는 모습을 보여드리고 싶어 큰 소리를 탕탕 쳤다.

◇ ◇ ◇

첫 월급이 나올 때까지 한 달만 어떻게든 버텨보리라 마음먹었다. 퇴근 후 저녁 아홉 시가 넘어 내 방에 돌아오면 좁고 텅 빈 방으로 마치 질식할 듯 외로움이 밀려들 때도 많았다. 타지이다 보니 근처에 친구들도 없었다. 그래도 나름대로 잘 버텼다. 비록 여전히 삶의 방향에 대한 갈피를 못 잡고 방황 중이긴 하지만 내가 성장하고 있다고 생각했다. 더 나은 미래를 위해 부단히 애쓰는 내 모습이 싫지 않았다. 아니 오히려 나름대로 잘하고 있다는 자신감만큼은 충만했다.

한편 우리 인상 좋고 마음 따뜻한 사장님은 왜 그렇게 회식을 좋아하시던지. 3차 때는 '룸싸롱'이라 불리는 곳에 가서 낯선 여자들을 부르셨다. 여 직원은 나를 포함해 둘뿐이었기에 대수롭지 않게 여기셨던 걸까. TV에서나 보던 풍경에 놀라긴 했지만 '사회생활이 원래 그런 거니까. 우리나라 회식

문화가 원래 그런가 보지' 하며 넘기곤 했다. 당시 가장 지배적인 생각은 이 정도도 버티지 못하면 내가 무슨 일을 할 수 있을까, 라는 두려움이었다. 나는 이 사회가 청년들을 향해 들이대는 '참을성'이라는 잣대를 늘 두려워했다. 나에게는 학창 시절이 꼭 누군가가 내 등 뒤에 카메라 하나를 달아놓고, 끊임없이 내 삶을 평가하는 것 같은 시간이었기 때문이다. 그러나 그때는 잘 몰랐다. 내가 왜 그렇게 살아가고 있는지.

◇ ◇ ◇

하지만 결정적으로 더 이상 이곳에 다닐 수 없게 된 계기가 있었다. 사장님께서 석 달이 지나도 도무지 월급을 주실 생각을 하지 않는다는 거였다. 아직 회사가 초기 단계이다 보니 어려워서 그렇다, 다음 달은 꼭 챙겨주겠다는 호소 아닌 호소에 그저 묵묵히 일하며 기다렸다. '그래, 초창기니까 돈 들어갈 데가 많겠지.' 애써 이해하려 노력하는 사이 수중에 있던 돈은 월세와 생활비를 충당하며 점점 떨어져갔다. 부모님께는 사정을 말하지도 못했다. 일단 사장님을 믿고 기다려보기로 했다. 통장 잔고가 부족하다 보니 주말에도 고향에 내려가지 못하고 이런저런 핑계를 대며 홀로 좁은 고시원에 틀어박혀 보낸 적도 많다. 그때마다 사장님을 향한 서운한 마음이 눈물이 되어 흐르고, 그다음은 분노로 변해갔다. 그리고 그 분노는 이내 일상을 갉아먹기 시작했다. '내 선택이 어리석었던 걸까? 역시 이름 있는 회사에 들어가 열심히 일하면서 돈 모으고 집을 사고, 그렇게 사는 것이 최선인 걸까? 내가 너무 환상에 사로잡혀 있었던가.'

일한 지 넉 달쯤 되어가자 하나둘 퇴사하는 직원들이 생기고, 남은 직원들의 불만 역시 극도에 달해 있었다. 사장님을 제외하고 직원들끼리 모인 술자리. 대화 주제는 당연히 '회사의 현재 자금 사정이 어떠한가'와 '어떻게 밀린 월급을 받아낼 것인가' 두 가지였다. 가장 나이가 많은 남 직원이 말을 꺼냈다. "노동부에 신고하자."

모두가 젊은 직원들이었지만 그중에서도 학교를 막 졸업하고 들어온 내가 제일 어렸다. 다들 나보다 네다섯 살 위의 언니, 오빠들이었다. 그들 중에는 입사하고 한 달이 지나서 막 사랑이 피어오르기 시작한 사내 커플도 있었다. 둘은 그 심각한 와중에도, 서로의 얼굴을 쓰다듬으며 애정행각을 벌였고 그 모습을 보니 더 우울해졌다. 그나마 저 두 사람은 사랑이라도 꽃피웠지, 나는 이 좋은 나이에 여기서 뭘 하고 있나 싶어서 소주만 홀짝홀짝 마셔댔다. 술맛은 달지도 않고 쓰지도 않았는데, 아직까지도 혀끝으로 그날의 소주 맛이 느꺼지는 건 참 신기하다.

미모가 출중하고 성격 또한 싹싹하여, 사장님이 가장 예뻐했던 언니가 입을 열었다.

"너무 화가 나. 그동안 웃으면서 차일피일 미뤄오더니, 이제는 무슨 변명을 할지 안 봐도 뻔해. 어쩜 사람이 그렇게 뻔뻔하니?"

충격이 너무 크고 화가 나서 말문이 막히고, 입술조차 움직일 힘이 없었다. 대학생 때부터 각종 아르바이트를 해왔지만, 사장이 이런 식으로 돈을 안 주는 경우는 처음이었다. 망연자실한 표정으로 앉아 있으니, 언니 오빠들이 자꾸 무슨 말이든 해보라고 채근하기에 마지못해 입을 열었다.

"저 그냥 인생 경험했다 치고, 이제 그만 고향으로 내려 갈래요."

"뭐? 그냥 간다고?"

"……지쳤어요."

사장에 대한 분노보다 잘못된 선택을 했다는 것에 대한 자책이 너무 컸던 탓일까. 내게는 더 이상 화를 낼 힘조차 남아 있지 않았다.

한참이 지나서야 한 투자자가 돈을 몽땅 가지고 잠적했다는 소문이 들렸다. 그래서 월급을 못 줬다는 거다. 사장님은 조금만 더 함께 버텨보자고 하셨지만 결국 회사는 폐업을 했다는 말도 전해 들었다. 노동부에 신고를 했고, 반년쯤 지나서 밀린 월급은 받았지만 마음고생이 심하여 무기력증에 시달렸다. 호기롭게 내 인생은 내가 개척하겠다며 짐을 싸서 떠났는데, 사 개월 만에 빈털터리 신세로 집에 돌아와버렸으니. 그때는 단지 내가 운이 나빴다고 생각하고 털어버릴 수가 없었다. 그 시절의 나에게 이백만 원은 너무 큰돈이었다. 앞으로 내가 주변의 반대를 무릅쓰고 어떠한 선택을 하고자 한다 해도, 확신을 가지고 밀어붙일 자신이 없었다.

'세상이 정말 호락호락하지 않구나. 내가 세상을 너무 만만하게 본 걸까? 당장 다음 달 생활비는 어떻게 하지?'

텅 빈 통장 잔고와 함께, 어렵게 지켜온 내 자신감의 창고까지 순식간에 텅텅 비어버렸다.

공무원 수험 생활, 마음 놓고 울 수도 없는 나날들

첫 직장에서 좌절을 겪고 고향으로 돌아왔다. 이후 아르바이트를 하고 근처 회사에도 다녀보았지만 도무지 갈피를 못 잡고 계속 헤맸다. 그런 모습을 보다 못한 부모님께서 조용히 공무원 시험을 권하셨다. 방황하며 망가져가는 듯 보이는 딸을 더 이상 두고 보기가 어려우셨던 것이다.

"알았어요. 생각해볼게요."

대답만 던져놓고 시간이 지났다.

◇ ◇ ◇

그 당시 부모님 몰래 입사 원서를 냈던 곳이 있었다. 바로 지역 내 외딴곳에 떨어져 있는 정신병원이었다. 나는 대학생 때 내가 방황하는 게 비정상인가 싶어 남들 몰래 홀로 정신과를 탐방한 적이 있다. 한 군데도 아니고 여러 군데를 다녔다. 서울의 유명한 곳도 가봤다. 나는 정상과 비정상을 가르는 사회적 기준이 늘 궁금했다. 인간의 정신에 관심이 많아 대학생 시절 관련 기관에서 봉사활동을 오래 하기도 했다. 그러면서 틈틈이 관련 서적들을 많이 찾아보았으나 이론적인 내용만으로는 한계가 있었다. 그래서 직접 정신병원에서 일을 해보고 싶었다.

여하튼 이 정신병원은 원서를 넣고서도 한참 동안 연락이 없었다. '역시 취업은 쉽지 않구나' 하며 마음을 접고 공무원 시험 준비를 시작했다. 그런데 일주일 후 전화가 왔다. 서류 심사 시 전산 오류가 있어서 이제야 연락을 하게 되었다는 것이다. 면접을 보러 오라고 하는데, 이미 공무원 시험 교재까지 사놓은 상태였기에 고민이 되었다. '대학까지 졸업하고 정말 중요한 이 시기에 여전히 방황만 하는 것이 옳을까? 그만 포기할까?' 나를 걱정스럽게 바라보시며 안정적인 것이 최고라고 하셨던 어른들의 얼굴이 하나둘 떠올랐다. 정신질환에 대해 연구해보고 싶다며 병원에서 일하겠다고 하면, 분명히 딸이 진짜 미쳐가는 것이라 여겨 눈물 흘릴 부모님의 모습이 훤했다. 무엇보다 이번에도 예상외의 변수가 생기면, 과연 나는 그것을 감당할 수 있을까?

자아를 찾는다는 것, 그리고 자아를 실현한다는 게 갑자기 모두 헛소리처럼 느껴졌다. 뉴스에서 연일 보도되는 청년 실업의 위기, 불안정한 경제 상황들이 내 목을 조르는 것만 같았다. 점차 생각을 바꾸기 시작했다. 현실을 똑바로 봐야 한다고. 지금의 선택 하나가 인생 전체를 망칠 수도 있다는 불안함이 엄습했다. '정말 공무원이 그렇게 좋을까? 왜 다들 그렇게 공무원, 공무원, 노래를 부르는 것일까? 먼저 세상을 산 사람들의 조언이니, 후회하더라도 한번 해보는 것이 낫지 않을까?'

가끔 엉뚱한 생각을 해본다. 힘든 공무원 수험생 시절을 겪고 직접 공무원으로 살아보지 않았다면 나는 어땠을까? 조금만 힘이 들어도 입버릇처럼 '아, 그냥 다 때려치우고 공무원 시험이나 준비할걸'이라고 말하지 않았을까? 아마도 평생 그 말을 달고 살았을지도 모른다. 그래서 그만두었음에도 공무원 시험을 준비하고 공무원으로 재직했던 기간이 끔찍하다고 느껴지지는 않는다. 퇴사 이후 많은 어려움이 있었지만 내가 한 무수한 선택들도, 지난날의 경험들도 슬픔으로 남지 않는다. 왜냐하면 내가 직접 뛰어들어 경험하고 주체적으로 결정한 것이기 때문이다. 시험을 준비하는 기간이 미친 듯이 고통스럽고 초라했지만, 지워버리고 싶은 불행한 날들로 기억되지도 않는다. 그 역시 내가 선택해서 뛰어든 것이기 때문이다. 다만 그 당시 공무원 시험을 보자고 마음먹었을 때는, 마치 자아를 찾는 일을 포기하는 것 같은 느낌이 들어 괜히 세상에 지는 듯한 기분이었다. '포기하는 것이 아니라, 하나의 과정일 뿐이다. 인생은 길다'라고 허전한 마음을 달래며 애써 내 마음을 추슬러보았다.

그러나 이내 그보다 큰 난관에 부닥쳤다. 어디 공무원 시험이 결심만 했다고 해서 쉽게 붙여주는 시험인가. 수백 대 일의 경쟁률로 악명이 높았기에, 보이지 않는 전국 수백만 명의 사람들과 경쟁한다는 생각이 들자 숨이 턱 막혀왔다. 한 문제 차이로 당락이 갈리는 피 말리는 경주. 수능을 준비할 때야 아무것도 모르고 학생의 본분을 다했다지만, 성인이 된 지금은 내 한 몸 책임져야 한다는 압박이 나를 짓눌렀다. 고등학교 때 담임선생님의 말씀처럼, 그저 '열심히' 공부하면 붙을 거라는 공무원 학원가 선생님들의 달콤한 말을 마냥 순진하게 믿을 수는 없었다.

하지만 나는 일단 목표를 세우면 불도저처럼 돌진하는 면이 있다. 독하다는 말도 많이 듣는다. 좋아했던 사람이 나를 버리고 군대를 간 날, 멋진 사람이 되어 그의 마음을 돌리겠다며 삼 개월간 피터지게 공부해 노무사 1차 시험에 합격한 적도 있다. 하지만 끝내 사람의 마음을 돌릴 수는 없더라. 그때는 다 부질없는 짓이었다며 꺼이꺼이 울었지만 공무원 시험을 보겠다고 마음먹었을 때는 오히려 이때의 경험이 희망이 주었다.

　"해보자. 까짓것, 경쟁자들 바라보지 말고 나와의 싸움이라 생각하자."

◇　◇　◇

일 년이라는 도저히 불가능해 보이는 기한을 세우고 땅을 파기 시작했다. 아주 깊숙한 땅속에 나를 묻어두고 혹독하게 몰아치며, 핸드폰까지 없애고 공부에 집중했다. "사람은 자신감이지. 암, 내가 안 붙으면 누가 붙겠어." 호기롭게 시작했으나 공부하는 내내 감정은 하루도 쉬지 않고 널을 뛰었다. 세상에는 어쨌든 열심히만 하면 결과를 볼 수 있는 일도 많다. 하지만 공무원 시험은 다르다. 열심히 안 하는 사람들이 거의 없다. 왕년에 '나 공부 좀 해봤다는 사람들', 그중에서도 극소수를 뽑는다. 차지할 수 있는 자리가 한정되어 있는 의자 게임. 도서관에서 옆에 앉은 사람들이 모두 잠재적 경쟁자가 되어버리는 비정한 현실.

　온종일 도서관에 틀어박혀 책상 높이만큼 쌓인 수험 서적들에 고개를 파묻었다. 공무원 수험생이 되었답시고 노량진에 가서 스타 강사들을 만나는 것조차 사치였던 나는,

대신 매일 아침 도서관에 자리를 잡아놓고 인터넷 강의를 들었다. 강의료나 책값도 만만치 않았기에 첫 삼 개월 동안은 일과 공부를 병행하며 돈을 모아야 했다. 목표한 분량만큼 공부하지 못하면 밥도 먹지 않았다. 나 스스로도 참 지독하다고 생각할 정도였다. 머릿속으로는 공부에만 온정신을 집중해도 시간이 턱없이 부족하다는 것을 알지만, 마음처럼 되지 않는 날도 많았다. 감정을 가진 사람이기 때문에, 또 주변 상황들이 모두 내가 원하는 대로 평온하기만 했던 것은 아니기에. 이 기간만큼은 차라리 내가 기계였으면 좋겠다는 생각이 자주 들었다. 특히 모의고사라도 본 날은 더욱 그랬다. 비 오듯 착착 그어지는 빨간 줄이 마치 나라는 사람 자체를 거부하는 것처럼 느껴지곤 했다.

"붙을 수 있을까? 아냐, 떨어질 거 같아. 포기할까? 그래도 열심히 하면 붙지 않을까? 아니야, 그냥 포기하는 게 낫겠어. 아악!"

공부가 잘되지 않는 것이 답답해 울어보기도 하고, 또 우는 시간마저도 아깝다며 눈물을 닦고 이를 악물고는 다시 도서관에 가기도 했다. 하지만 비는 언젠가 그치고 다시 해가 뜨기 마련이라고 했던가. 마냥 더디고 잔인하게만 느껴졌던 수험 생활도 어느새 끝이 보이기 시작했다.

공무원에 어울리는 사람이 되고 싶었지만

공무원 시험에 합격했다. 대한민국의 미래를 짊어질 국가의 일꾼이 되었다. 소위 '관운官運'이라는 것이 정말 있는지는 모르겠으나, 최선을 다해 공부했기 때문에 자부심도 있었다. 정말 미친 듯이 힘들었다. 누가 그랬더라, 어차피 살아 있는 것 자체가 고통을 수반하는 일이라고. 일상의 행복은 고통을 견디며 인생을 기꺼이 감당하겠노라 각오한 자에게만 주어지는 법이라고. 하지만 그런 말들은 수험 생활을 통해 다 헛소리였던 것으로 판명되었다.

처음 시작할 때는 잘 모르니까 일단 시작하면 될 것 같지만, 막상 깊게 들어가 보면, 일단 시험 범위라 일컬어지는 분량의 방대함에 혀를 내두르게 된다. 곧이어 여기서 떨어지면 죽도 밥도 안 되겠다는 생각이 뇌리를 때려, 정신이 바짝 든다. 지금 고생하는 것은 둘째 치고, 이 고생을 했는데 나중에 행여 시험에서 떨어지기라도 하면 아무런 보상도 받지 못

한다니. 내적 보상, 뭐 이런 고상한 말들은 일단 제쳐두고, 후에 일반 기업에 입사 지원한다고 해보자. "지난 일 년 동안 이력서가 비어 있는데 무엇을 하셨습니까?"라고 질문해온다면 대체 뭐라고 답해야 할까. "네. 저는 아름답고 자랑스러운 대한민국의 공무원이 되고자 도서관에 저의 온 열정을 바쳤습니다. 직장에서의 밤샘 근무보다 더 흥분되고 눈물 나는 현장이었지요. 아픈 만큼 성숙한다는 저의 리얼 수험 스토리, 한번 들어보실래요?" 이렇게 말할 수는 없지 않은가. 떨어지면 낙오자가 되겠다는 불안감이 나를 더욱 채찍질했다. 사람이 절박해지면 초인적인 힘을 발휘하는 모양이다. 나의 수험 생활의 활력소는 하나였다. 만약 시험에 떨어진다면 당장 일 년 후, 아니 육 개월 후에는 밥 한 끼 사 먹을 돈도 없게 되리라는 냉엄한 현실을 직시하는 것. 누가 합격 비결을 물어보면 망설이지 않고 이렇게 대답하리라.

◆　◆　◆

합격 통지를 받은 후 얼마간은 밥을 먹지 않아도 배가 고프지 않았다. 공무원이 되었다는 것보다 그동안 미친 듯이 달려온 수험 생활의 종착역에 다다랐다는 사실이 너무 행복했다. 매일 아침 지질한(?) 모습으로 추리닝 바지를 유니폼 삼아 도서관에 출근하던 날들이여, 이제는 안녕. 더는 아침마다 도서관 자리 전쟁에 동참하지 않아도 된다는 사실에 감격했다. 새로운 직장이 생기고 하루 대부분의 시간을 쏟는 환경이 바뀌었으니, 삶에도 또한 많은 변화가 생길 터였다. 미친 듯이 설레었다. 그리고 이제 다른 생각은 하지 말고 최선을 다해 평생 공무원으로 살아보자고 다짐했다.

　　신입 공무원들은 입사 후 육 개월 동안은 정식 공무원이 아니다. 이 기간 동안 '수습 기간'을 거치는데, 공무원 사회에서는 이를 '시보 기간'이라고 부른다. (지자체에 따라 시보 전에 수습 기간을 따로 두는 곳도 있다.) 그 기간에는 새롭게 부여받은 업무와 조직 내 인간관계에 적응하느라 정신이 없다. 나 역시 공무원들이 사용하는 시스템 사용법부터 민원 응대 방법, 기타 업무와 교육으로 정신없이 바쁜 나날들을 보냈다.

　　드디어 안정된 직장에 안착하고 나자 처음엔 안심이 되었다. 그러고 나서 들었던 생각은 다음과 같았다. '아, 이제 대한민국 평균은 하겠구나.' 평균이라는 말이 얼마나 안도감을 주던지. 애초에 사회가 변해야 한다거나 변할 수 있다는 생각은 해보지 않았다. 당장 나의 생존이 중요했다. 개인의 존엄성 따위는 무참히 짓밟히곤 하는 '청년 실업자'라는 집단에서 탈출해야 한다는 생각뿐이었다. 오늘날 청년들은 오직 정규직을 얻기 위해 애쓴다고 한다. 행여 비정규직이었을 때 불합리한 처우를 받았던 사람들도, 막상 자신이 정규직이 되고 나면 비정규직으로 일하는 사람들의 인권은 나 몰라라 하는 경우가 많다고 한다. 그렇게 다들 옆 사람을 밟고 올라갈 생각만 할 뿐 함께 잘사는 사회를 꿈꾸기는 어렵다. 제 한 몸 추스르기도 어려운 현실 속에서 나를 희생한 채 옆 사람의 인권을 생각한다는 건 참 쉽지 않은 일이다.

나 역시 공무원이 된 후 이제 앞으로 어떻게 살아야 할지 오직 '나'의 미래에만 초점을 맞추었다. 막상 공무원이 되고 나니 오히려 지금의 사회구조가 나를 남들보다 더 우쭐하게 만들어준다는 걸 알았다. 솔직히 고백하자면, 그래서 잠깐 이런 구조가 지속되었으면 좋겠다고 은근히 바란 적도 있었다. 힘들게 경쟁해서 바늘구멍을 뚫고 들어간 곳인 만큼, 대접받고 싶은 마음이 아예 없었다면 거짓말이리라.

그러다 보니 공무원이라는 목표를 이룬 후 숨을 돌리는 과정에서 내가 공무원과 어울리지 않는 사람이라는 것을 직감했을 때의 좌절은 말로 표현할 수 없을 정도였다. '안 돼. 나는 공무원이 성향에 맞는 사람이어야 해. 설사 아니라고 해도 내가 나를 바꿀 거야. 남들이 좋다고 말하는 직업을 갖는 것이 나에게도 행복한 일이어야 해. 내가 어떻게 이 시험

에 붙었는데! 절대 포기 못 해. 쓸데없이 다른 생각하지 마.'
끊임없이 나를 채찍질했다. 이제 좋은 사람 만나서 결혼 잘
하고, 예쁜 아이를 낳아 행복한 가정을 꾸리면 될 것이다. 큰
문제만 일으키지 않는다면 차근차근 승진도 한다. 엄청 많은
돈을 벌거나 성공했다고 큰소리치는 인생은 아닐지라도, 해
고당할 걱정이 없다는 것은 정말 큰 장점이다. 신분이 보장되
니 크게 무시당할 일도 없다. 얼마나 복 받은 인생인가. 무척
감사한 일이다.

　　하지만 날이 갈수록 그 자리에 앉아 있는 내가 너무 싫
었다. 사명감이 없어 나라에도 도움이 안 되고, 애초에 업무
가 내 적성이나 흥미와도 맞지 않아, 마치 몸만 편한 죄수 같
았다. 누군가에겐 안정이고 행복이라 불리는 것이, 다른 누군
가에게는 '감옥'이라 여겨질 수도 있다는 것을 그때 처음 깨
달았다. 행복의 조건은 누구에게나 동일한 것이 아니었다. 안
정적이라는 단어도 그렇다. 미래가 확실히 보장되어 있는데
도, 정작 내 내면과의 대화는 끊긴 상태이다 보니 나는 매일
불안하고 어두웠다. 겉으로는 늘 웃고 다녔지만 나는 항상 안
개 속을 걸어 다니는 것 같았다.

나 자신에게 솔직해지기까지 너무 오랜 시간이 걸렸다

요즘 인터넷을 통해 여러 커뮤니티를 둘러보다 보면, "기껏 공무원이 되었는데 그만두고 싶어요"라는 제목의 글들을 심심찮게 만나게 된다. 그런데 대개 그런 글을 쓴 사람들은 끝에 이렇게 덧붙이곤 한다. "물론 배부른 소리라는 거 알아요."

그렇다. 배부른 소리가 맞다. 암 그렇고말고. 지금 노량진뿐만 아니라 전국 곳곳에, 어떻게든 그 자리에 들어가려고 아등바등하는 이들이 많다. 어려운 환경 가운데서도 몇 년씩 공무원이 되기 위해 사투를 벌이는 사람들이 허다하다. 당장 이번 달 밥값을 걱정하면서도 도서관에 앉아 수험서를 붙잡는 사람들, 아르바이트를 하고 파김치가 된 채로 틈틈이 독서실로 향하는 사람들이 있다. 심지어 야근이 많은 회사에 다니면서도 주말과 새벽을 이용하여, 잠을 줄여가며 공부하는 사람들도 많다. 그들에게는 공무원 합격자들의 합격 수기 한

줄이 구원이자 희망이다. 힘들 때마다 나도 할 수 있다는 용기를 북돋아주기 때문이다.

공무원 수험생 시절에는 좋은 직장에 다니면서 퇴사를 운운하는 사람들이 정말 미웠다. 도서관이 문을 여는 아침 일곱 시부터 의자에 앉아 있다 보니 퉁퉁 부은 종아리를 만지작거리며 밤늦게 집에 오곤 했다. 집에 왔다고 어디 일과가 끝날 리 있나. 씻고 공부를 이어가기 위해 다시 책상에 앉는다. 인터넷 강의를 듣기 위해 인터넷을 열었다가 우연히 공무원을 퇴사하고 싶다는 글을 마주치면 화가 났다. '차라리 그 직장 나한테 주지. 징징거리기는.' 배부른 소리 맞으니까 자랑하지 말라며 마음속으로 비난을 퍼부은 적도 있다. 취직이 안 돼서 힘들어하는 사람들에게는, 취직 후 회사에서 겪는 어려움이 오히려 자신들이 그렇게 바라는 '꿈'처럼 느껴지기 때문이다. 그래서일까. 막상 공무원이 되어 일을 할 때도 힘들다는 마음이 들 때면 이런 말을 되풀이했다. "넌 공무원이잖아. 공무원은 힘들면 안 돼. 밖에 나가면 전쟁터야. 네가 겪는 어려움들은 새 발의 피일 뿐이지. 아니 새 발의 발톱 때만큼도 안 된다는 걸 기억해."

공무원뿐만이 아니었다. 사회에서 '이만하면 괜찮은 삶이다'라고 불리는 대기업이나 공기업에 다니는 친구들과 대화를 나눠보면, 이런 식으로 자신을 위안하는 경우가 많았다. 그런 마음이 들면 아예 자기 능력 이상의 비싼 차를 구매해버리기도 한다고 했다. 아예 그런 생각이 들지 않게, 자신을 카드 할부의 노예로 만들어버리는 것이다. "나가면 너 뭐할 거 있어? 지금 대한민국에 취직 못 해서 힘들어하는 청년들이 수만 명이야. 다른 생각하지 말고 가서 일해. 행복한 소리 하고 있어." 선배들에게 조언을 구하면 금세 주먹으로 머리 한 대 쥐어박히기 일쑤란다. 상사들에게 혼날 때 꾸준히 듣게 되는 레퍼토리도 일품이다. "너 일 이따위로 할 거면 때려치워. 너 아니어도 지금 들어오려고 줄 선 애들이 열 트럭이다."

◇ ◇ ◇

그런데 가끔 이런 마음이 들곤 했다. 또래의 누구와 비교할 필요 없이, 내가 힘들면 그냥 힘들어하면 안 되는 걸까? 힘들다고 표현하는 것조차도 남 눈치를 보며 살아야 할까? 이럴 때 생각나는 방송인 유병재의 한마디.

"나만 힘든 건 아니지만, 네가 더 힘든 걸 안다고 내가 안 힘든 것도 아니다."

늘 내가 어떤 감정을 느끼는지 먼저 생각하기보다는,

주변의 눈치를 보고 타인의 시선을 신경 쓰며 살아왔다. 온전히 내 감정을 바라보지 못하고, 감정을 '느끼는' 것마저도 타인과 비슷해져야 한다고 생각하기도 했다. 남들이 좋다고 말하는 영화나 책이 나에게 별 감흥이 없으면 "뭐지? 나는 왜 재미가 없지? 나는 왜 감동이 없지?"라고 의문을 품은 적도 많다. 감동 없을 수도 있지. 가끔 광고 형식으로 과도하게 포장된 리뷰들도 있지 않은가. 익명성이란 그늘에 가려 광고(혹은 다수를 쫓아 동조한 의견 등)와 진짜 개인의 의견을 구분하기가 쉽지 않은 세상이다. 그것을 알면서도 남들과 다른 내 모습과 마주하면 왜 그렇게 불안했을까. 다수를 따르면 욕먹을 일도 없고 누군가와 부딪칠 필요도 없다. 직장 동료들이나 주변 사람들과의 관계에서도 그렇게 살면 몸은 편하다. 둥글둥글 살라는 말도 있지 않은가. 학창 시절부터 이전 세대가 규정해놓은 답을 많이 맞힐수록 더 큰 박수를 받았던 우리다. 시대의 진리란 본디 '다수의 동의'에 의해 형성되는 법. 그런데 '나만 아니라고' 말하면 이제 나는 사회가 규정하는 답에서 벗어나는 것이 아니겠는가? '정상'이라고 불리는 궤도에서 벗어나, 곧장 '비정상'으로 분류되어버릴 것이다.

그러니 다수가 공무원이 최고라고 하면 나에게도 공무원이 좋은 직업이길 바랐다. 모두가 좋다고 하는 것이 나에게는 좋지 않다는 생각이 들면 그건 내가 이상한 것이라 여겼다. 나를 바꾸려고 했다. 안 그래도 먹고살기 힘든 세상에 '적당히 조화롭게' 살면 얼마나 편안한가. 하지만 그럴수록 자꾸 세상을 향해 원망이 들고 자신감이 바닥으로 내려앉기 시작했다. '왜 나는 이런 세상에 태어났을까? 왜 하필 나는 일자리도 부족하고 청년들이 위기에 봉착한 나라에 살고 있는가?' 스스로 자처해서 올가미를 만들고 그 안에 들어갔으면서, 내가 쳐놓은 올가미에 틀어박혀 자유가 없다면서 세상을 향한 원망만 늘어놓았다. 내가 내 틀을 깨고 나오면 되는데. 날 막고 있는 건 단지 나일 뿐인데. 마음의 자유는 어떤 직업을 갖고 어떤 조건을 갖추었느냐의 문제가 아니라는 것을 진심으로 느끼기까지 나는 참 오랜 시간이 걸렸다.

내가 만약 내일 죽는다면

공무원 이 년 차가 된 어느 날, 평소와 다름없이 하늘은 맑았다. 유난히 평온한 사무실의 아침 풍경을 병풍 삼아 컴퓨터를 켜고 업무를 준비하기 시작했다. 잠깐 기지개를 켜고 공문을 확인하고 있는데 옆 책상에서 전화벨이 울렸다. 아직 업무 시작 한 시간 전이었기에 사무실에는 직원들이 별로 없었다. 전날 당직이었던 직원은 새벽에 술 취해 전화를 건 민원인에게 시달리느라 잠을 설쳤는지, 눈이 빨개져 있었다. 벨소리에 잠시 눈썹을 찡그리던 직원과 잠깐 눈이 마주쳤다. 수화기를 든 그녀가 잠시 후 말했다.

　　"말도 안 돼."

◇　◇　◇

옆 지자체의 공무원이 자살했다고 했다. 원인은 아직 밝혀지지 않았다. 집안문제인지 과도한 업무 때문인지, 혹은 또 다른 개인 사정 때문인지 며칠이 지나도 나는 알 수 없었다. 한창 각 지자체가 인구를 늘리기 위해 여러 사업을 추진하고 있던 때였다. 이런 시점에 일어난 공무원의 자살은 분명 지자체의 대외 이미지에도 타격을 줄 만한 큰일이었다. 인터넷을 검색해보니 이미 발 빠른 기자들에 의해 기사가 나와 있었고, 나는 착잡한 심정으로 스크롤을 내리며 모니터를 주시했다. 그런데 누군가가 자살했다는 소식 그 자체보다 나에게 더 큰 충격을 준 것은 그 기사에 달린 이런 댓글이었다.

"배가 불렀네. 공무원이 뭐가 아쉬워서 자살을 해? 자살하고 싶은 사람이 세상 천지에 널렸는데."

물론 악성 댓글들에 일일이 반응하는 것은 의미 없는 일이다. (후에 유튜버 활동을 하면서 더 뼈저리게 느꼈다.) 실제로 세상에는 이해 안 되는 일들도, 내가 이해할 수 없는 사람들도 많으니까. 나 역시 누군가에게는 그런 사람일 수 있다. 하지만 죽은 사람을 두고 전후 사정도 모른 채 저런 말을 아무렇지도 않게 내뱉는다는 사실에 기분이 좋지 않았다. 물론 자살한 사람이 나와 잘 알던 사이는 아니지만, 같은 직종에서 일하고 있었다는 것만으로 동질감이 느껴졌나 보다.

그 댓글을 보니 울분이 치밀기보다는 그동안 안간힘을 쓰며 버텨왔던 내 모습이 갑자기 허무하고 답답해졌다. 그날까지도 '운 좋게 남들 다 되고 싶어 하는 공무원이 되었으니 감사하며 행복해야 한다'는 강박에 빠져 있었다. '행복하지 않으면 네가 잘못 살고 있는 거야. 작은 것에 감사할 줄도 모르고 겸손함이라고는 눈곱만큼도 없지. 힘들게 아르바이트하면서 고생했던 대학 시절을 생각해봐. 밥 한 끼 사먹을 돈이 아까워서 삼각김밥이나 초코파이로 때웠던 날들을 떠올리라고!' 하지만 그 이면에는 그저 안정적이라는 이유만으로 공무원이 되고자 공무원 시험에 매달리는 것을 경계하던 내가, 가슴 한구석에 쭈그리고 앉아 나를 째려보고 있었다.

'너 정말 지금 이대로 괜찮니? 평생 공무원으로 이렇게 한 지역에 계속 살아갈 자신이 있니?'

자꾸만 내게 그렇게 질문을 던지곤 했다.

'편해. 잘릴 걱정도 없어. 근데 왜 이렇게 힘들지?'

'어디 가서 그런 말 하지 마. 욕먹는다. 남들보다 나은 직장이잖아.'

그러면 마음속에 또 다른 내가 대답했다.

'대체 그 남들이 누구야. 몸이 편하면 마음은 힘들어도 상관없다는 거야? 그냥 살라는 거야?'

'다들 그러고 살아. 유난 떨지 마. 언제까지 그렇게 어린 애처럼 굴 거야?'

이렇게 전개되는 내면의 갈등에서 승리하는 쪽은 거의 정해져 있었다. 지난날의 실패와 방황의 쓰라린 기억에 사로잡힌 나는 금세 주눅이 들곤 했으니까. 지금의 환경에서 벗어나면 난 또 다치고 말 거라는 두려움이 나를 짓눌렀으니까.

'그래. 그냥 적응하며 살아볼게. 일과 삶이 꼭 하나일 필요는 없잖아. 새로운 취미를 가져볼게. 하고 싶은 일은 일 외적으로 도전하며 살면 되니까. 그치?'

자신의 직업을 미친 듯이 '사랑해서' '아침마다 벅찬 감동을 안고' 출근하는 사람이 과연 얼마나 될까? 쉬는 날을 이용해 취미 생활을 즐기면 된다. 지칠 때는 연차를 써서 여행도 짬짬이 다녀오면 된다. 내가 소원했던 대로 다양한 도전을 하며 살고 싶다면, 오히려 든든한 직업이 있는 편이 나을지도 모른다. 그렇게 일과 삶을 분리하면서 살면 문제없을 것이라 여겼다. 얌전히 살자고 나와 약속했다. 기뻐하며 안심하시는 부모님과 친척들의 모습도 그런 나의 결심을 더욱 굳건하게 만들었다. 나는 이제야 철이 들고 있는 거야, 라고 믿었다.

하지만 누군가의 자살 소식을 접하고 고인의 죽음에 남은 댓글들을 보자 이런 질문이 들었다. "내가 공무원이라는 이유로 내 감정에 솔직하지 않을 필요가 있나? 내가 당장 내일 죽는다면, 나는 무슨 말을 유언으로 남기게 될까?"

공무원도 후회한다

일곱 살 무렵 난데없이 수영이 배우고 싶어져 어머니를 졸라 수영장에 다녔다. 그곳은 어린이들을 따로 가르치는 클래스가 없어서, 홀로 성인 반에 등록했던 기억이 난다. 물의 깊이가 내 키를 넘어서다 보니, 강사가 잠깐만 눈을 떼도 물에 빠질 위험이 높았다. 결국 나는 늘 수영 강사의 품에 안겨 다니는 신세가 되었다.

하지만 기어이 일이 터지고 말았다. 강사가 다른 수강생의 자세를 교정해주러 잠깐 홀로 자리를 이동한 사이, 잡고 있던 지지대를 놓친 내가 물속에 잠겨버린 것이다. 늘 귀엽다며 나를 보호해주던 아주머니들도 그날따라 저 멀리서 삼삼오오 모여 수다를 떨고 계셨다. 아무도 내가 물에 빠진 것을 보지 못했다. 한참 후에, 내가 사라졌다는 사실을 알아챈 수영 강사가 허겁지겁 물속으로 들어와 나를 건져냈다. 구사일생으로 무사히 구출되었다.

죽음이라는 단어도 잘 모르는 어린 나이였지만 그때 나는 '죽음을 앞둔 자의 고통'을 경험했다. 물에 빠져 허우적대는 동안, 물의 표면을 사이에 두고 위와 아래가 교차되어 흔들리는 모든 과정이 슬로우 모션으로 눈앞에 펼쳐졌다. 잘 떠지지도 않는 눈은 죽고 싶지 않다고 눈꺼풀을 파르르 떨어댔다. 온몸의 세포 하나하나가 '제발 살려달라'고 비명을 지르고 있음에도 그 어떤 소리도 입 밖으로 뱉어지지 않을 때의 극심한 공포. 숨이 쉬어지지 않는 가슴의 압박과 통증. 아무리 손을 뻗어봐도 무엇 하나 의지할 것 없는 잔인한 공허. 너무 어릴 때라 구체적인 앞뒤 상황은 기억나지 않지만 그 찰나의 몇 초가 각인되어버렸다. 그날 하루의 다른 일들은 전부 기억에서 지워졌다. 이후 병원까지 어떻게 갔는지조차도. 오직 그 몇 초간의 순간만 생생하다.

폐에 물이 차서 육 개월 동안 매주 병원에 다니며 치료를 받았다. 이후 물이 너무 두려워져서, 친구들과 워터파크나 바다에 놀러 간 일도 손에 꼽는다. 어릴 땐 가족과 함께 해변에서 놀았던 사진이 많지만 일곱 살 이후에는 바다에서 찍힌 사진이 거의 없다. 여하튼 이후 나는 죽음에 대해 또래 친구들보다 자주 생각하게 되었다. 죽음에 대한 이야기가 나오면, 다른 사람들은 "뭐 그런 이야기를 해, 무섭게!"라며 호들갑을 떨었지만 나는 오히려 태연했다. 죽음은 어느 순간이고 자연스럽게 나를 찾아올 수 있음을 알고 있기 때문이다. 나에게 죽음은 얌전히 내가 나이가 들 때까지 기다려주는 친절한 존재가 아니었다.

그 때문일까. 나는 일기장에 유언도 자주 적어보고 "당장 내일 죽는다면 나는 오늘 무엇을 하고 싶을까?" 따위의 질문들을 스스로에게 자주 던지곤 했다. 목소리가 나오지 않을 때나 기타 장애를 갖게 될 때를 대비해 연습(?)을 하기도 했다. 너무 과한 일이었을지도 모른다. 그래서 주변 친구들에게 괴짜라는 말도 많이 들었다. 자기 죽음은커녕 가족이나 주변 사람들의 죽음을 체험하기에도 너무 어린 나이였기에 그들에겐 내 말이 아마 낯설게 느껴졌으리라.

◇ ◇ ◇

공무원 자살 소식을 접했을 때 "내일 죽는다면, 나는 무슨 말을 유언으로 남기게 될까?"란 질문을 던진 이유도 이 때문이다. 그날 밤, 일기를 쓰며 나는 인생을 살면서 반드시 이루고 싶은 한 가지가 무엇이었는지를 고민하기 시작했다.

'아마 나는 육십 살 때까지 공무원을 하고 있겠지? 물론 지금은 젊으니까 답답하게 느껴질 수도 있지. 하지만 좀 더 시간이 지나 나이가 들면, 공무원 시험에 합격한 것을 매우 큰 축복으로 여기게 될 거야. 그래, 지금 있는 자리에서 최선을 다하는 사람이 가장 멋진 인생을 사는 자야. 그럼 이렇게 적어볼까? 현재의 자리에서 매 순간 감사하고 최선을 다하며, 웃다가 잠들다.'

그런데 그때 갑자기 눈물이 왈칵 쏟아졌다. 아니다. 그건 내가 원했던 삶이 아니다. 그렇게 산다고 생각하니 나의 미래가 당장 내일부터 단 하루도 기대되지 않았다. 대단히 설레는 날들을 원하는 건 아니지만 스스로 내 미래를 포기한 채 이어지는 매일은 싫었다. 나는 장례식도 파티처럼 치르고 싶은 사람이다. 내가 떠나간 자리에 모인 사람들이 웃는 모습을 보며 작별 인사를 하고 싶다. 서로 축복하면서. 일기장에 적은 나의 묘비명을 바라보며 생각했다. 나는 저렇게 적힌 묘비 아래 누워 있고 싶지 않다.

'역시 새로운 영역을 개척하며 위험을 감수한다 해도 도전하는 삶이 나답다는 생각이 들어. 이건 진정한 내 모습이 아니야.'

그렇다면 지금 내가 이 안에서 시도해볼 수 있는 일들은 무엇이 있을지 고민하기 시작했다. '일하면서 7급 공무원 준비를 해볼까? 아니면 다른 직렬 시험을 볼까? 전혀 해보지 않은 새로운 취미를 가져보면 어때? 얼굴을 가리고 몰래 유튜버를 해볼까?' 젊은 공무원들이 으레 한 번쯤 생각해볼 만한 것들의 목록을 종이 위에 적어나갔다.

◇ ◇ ◇

다른 선배들의 삶을 봐도 행복하지도, 그렇다고 불행해 보이지도 않았다. "다들 이렇게 사는 거지, 행복이 별거냐"라는 말을 제일 많이 들었다. 어떻게 하면 이 생활에 적응할 수 있을까, 무턱대고 어렵게 얻은 지금의 삶을 포기하고 싶지는 않은데. 계속 고민이 이어졌다. 낮에는 일 때문에 정신이 없다가, 저녁 시간 퇴근길에 운전하면서 혹은 잠들기 전 침대에서 주로 그런 고민을 이어갔다.

그러던 어느 날 평소와 다를 바 없는 퇴근길에 다른 직원 분을 조수석에 태우고 운전을 하게 되었다. 차가 고장 나서 급하게 수리를 맡겼다고 했다. 그분은 6급 공무원이셨는데 고등학생 아이 둘의 어머니였다. 평소에 책도 많이 읽으시고 여러 조언을 해주셔서 후배들이 잘 따르는 분이었다. 어색한 공기가 흘러 라디오라도 틀어볼까 하는 찰나였다.

"여경 씨는 아직 젊으니까 기회가 있을 때 큰 곳으로 가는 것이 좋아. 나는 서울 연구원으로 자리가 난 적이 있는데,

그때는 이미 아이들을 낳은 상태라서 포기했어. 그런데 말이지, 6급이 된 지금까지 두고두고 후회가 남더라. 공무원 참 좋은 직업이지만 그렇다고 마냥 안주하지 않았으면 좋겠어. 젊잖아. 아깝지 않아?"

공무원 중에도 그런 후회를 하는 분이 있구나, 신기했다. 공무원이 되길 바라는 어른들이 자주 하는 말은 '나이 들면 공무원이 얼마나 좋은지 알게 될 거야'였다. 하지만 모두가 그렇지는 않았다. 후에 술자리나 모임을 자주 갖다 보니, 이런 후회를 하는 분들도 의외로 많다는 것을 알게 되었다. 그저 겉으로만 보았을 때는, 다들 지금의 삶에 만족하는 것처럼 보였는데 말이다.

잊고 있던 꿈을 다시 떠올리다, 해외 취업

마음이 허전할 때 자주 찾는 공간이 있었다. 바로 사무실 위층에 지역 주민들을 위해 개방해놓은 도서관이었다. 마음이 힘들 때면, 점심시간이나 주말에 의자를 이어 붙여놓고 거기 누워서 쉬곤 했다. 근처에 이미 큰 도서관이 있었고 그곳은 개방한 지 얼마 안 된 소규모 공간이었기에 사람들이 잘 찾지 않았다. 그래서 가끔은 그곳이 나만의 서재이자 아지트 같다는 행복한 착각을 하기도 했다.

작은 규모의 도서관이었기에 주로 베스트셀러만 취급했는데 유독 해외여행 에세이와 자기계발서가 많았다. 떠나보면 뭔가를 깨닫게 된다는 식의 제목들이 주였는데, 어느 순간부터 그 책들을 펴보며 학창 시절 그렸던 내 미래를 떠올려보곤 했다. '나도 세계를 돌아다니며 외국인들과 일하고 싶다는 꿈이 있었는데, 지금 난 여기서 뭘 하고 있지?' 이런 마음이었다. 원래 현실에 불만족할수록 인간은 전혀 다른 세상에 대한 동경을 품기도 한다. 여행 에세이들 속에는 용기를 가지고 일단 떠나면 멋진 미래가 펼쳐진다는 유혹의 손길이 가득했다. 하지만 동시에 의문도 들었다. '여행을 다녀온 이후 이들은 대체 어떻게 살고 있을까?' 궁금해서 실제 저자 메일 주소로 편지를 써보았다. 인터넷에서 저자의 이름을 검색해 보기도 했다. 호기심이 생기면 꼭 해결해야 직성이 풀리는 성격 탓이었는데, 좀처럼 저자의 근황을 알기가 쉽지 않았다.

◇ ◇ ◇

대학생 때 친한 친구들이 유럽으로 여행을 떠나던 날. 함께 갈 돈이 없어 해외여행에 관심 없는 척 배웅을 하고 홀로 집에 와서 울었던 적이 있다. 다행히 후에 영자신문사에서 일하며 공짜로 해외 취재를 다녀오고 해외 봉사 기회를 얻기도 했다. 돈이 넉넉하지 않았기에 적은 돈으로 외국에 나갈 수 있는 경로를 두 발로 뛰며 찾아다녔고, 실제로 그런 기회를 여러 번 얻었다. 십 년 전만 해도 낯선 곳이었던 북아프리카의 사하라 사막까지 낙타를 타고 횡단해봤기에 '세계 일주' 자체에 대한 로망은 별로 없었다. 하지만 많은 나라를 다닐수록 꼭 한국에서 살아야 하는 건 아닐 텐데, 라는 생각이 더 강해졌다. 해외에 나가서 몇 년쯤 살아보고 싶다는 생각도 많이 들었다. 더 많은 나라에 가게 될수록 내가 안 가본 나라에는 무엇이 있을까 궁금해서 안달이 났다. 공무원 일을 하다가도 호시탐탐 해외 근무를 할 기회가 없는지 선배들에게 묻기도 했다. 그래서 주말마다 영어 공부를 놓지 않았고 회화 연습을 열심히 하곤 했다. 언젠가 외국에서 일할 기회가 올 수도 있으니까. 그때 준비가 되지 않아 잡지 못하면 분명 후회할 테니까.

'꿈에 미쳐'라고 말하며 가슴을 뜨겁게 해주던 나의 워너비들이 있다. 그들 대부분에게 공통점이 있다면, 세계 일주를 다녀왔거나 혹은 다른 일을 하다가 뒤늦게 외국으로 유학을 가서 공부를 했다는 점이다. 5개 국어를 자유롭게 구사하는 이들은 글로벌 무대를 누비며 커리어를 쌓는다. 비행기를 마치 자가용처럼, 밥 먹듯이 타고 다니는 것도 잊지 않는다.

초등학교 때 또래 친구들과 독서 토론 수업을 들은 적이 있는데, 그때 세계지도를 펴놓고 세계 곳곳의 이야기를 듣곤 했다. 선생님은 오대양 육대주가 그려진 지구본까지 돌려가며 여러 나라의 역사와 관련된 에피소드를 잔뜩 들려주셨다. 우리나라 외에 그렇게 많은 나라와 민족들이 존재한다는 것을 그때 처음 알게 되었다. 언젠가 꼭 이곳들을 모두 방문하고 싶다는 꿈을 꾸게 된 어린 시절은, 현실이 힘겨울수록 자주 생각나곤 했다.

초등학교 때 당시 대기업에 다니셨던 아버지가 미국 출장을 다녀와 해주신 말씀도 떠올랐다. 아버지는 그곳의 선진적인 문화에 큰 충격을 받으신 모양인지 어린 나에게 "세상은 정말 넓다, 나중에 네가 미국에서 일하면 좋겠다"라는 말씀을 입버릇처럼 되풀이하셨다. 아버지께서 디즈니랜드에 들러 사 오신 장난감과 자동연필깎이는 신기했다. 그걸 본 어린 날의 나는 다짐했다. "그래. 나중에 커서 꼭 미국에서 살 거야. 미국에서 일할 거야." 그때부터 틈만 나면 영어로 된 동화책들을 읽었다. 나는 그렇게 막연하게 미국이란 나라를 동경해왔다.

매일같이 학교에 갇혀 공부만 해야 했던 학창 시절, 미국의 이상적인 교육 환경에 대한 이야기를 자주 듣곤 했다. 마음껏 뛰어놀 수 있는 잔디밭이 있고 자유롭게 토론 수업을 하는 문화가 매우 멋지게 느껴졌다. 마치 천국 같았다. 하지만 우리가 알고 있던 것들이 상당 부분 미화되었다는 것은 한참 후에야 깨닫게 되었다. 미국도 빈부 격차가 심한 나라인지라 어릴 적 동경했던 것만큼 마냥 파라다이스는 아니라는 것도 알게 되었다. 하지만 그 시절엔 미국에 유학 한 번쯤은 가줘야 대단하고 위대한 사람이 될 수 있는 줄 알았다. 글로벌 시대에 영어를 자유자재로 구사하게 된다는 것만으로도 얼마나 큰 축복인가. 그러면서 서른 살에 멋지게 뉴욕 거리를 누비는 내 모습을 상상하곤 했다.

그저 안정만을 추구하며 공무원이 되었다는 자괴감, 내가 내 삶의 주인으로 살고 있지 못하다는 슬픔이 매일 밤 온몸을 휘감으며 나를 괴롭혔다. 그럴 때마다 그동안 잊고 있던 어린 시절 꿈들이 하나둘 생각났다. 그리고 서른이 되기 전에 한 번은 포기했던 꿈에 다시 도전해봐야 하지 않을까, 라는 마음이 스멀스멀 올라오기 시작했다. 어차피 대한민국에서 대기업 다음으로 좋다는 공무원을 하면서도 불행한 인간이 나라면 그냥 내가 하고 싶은 일을 하며 고생하고 힘든 게 낫겠다는 마음이 든 것이다.

퇴사 컨설턴트의 경고 "백 프로 망해요"

퇴사 계획을 짜기 시작했다. 약 이 년 후 퇴사를 목표로 외국에 나갈 돈을 모으기로 했다. 당연히 목표는 어린 시절 나를 사로잡았던 미국에 가서 일하는 것이었다. 해외 취업에 대한 정보를 모으기 시작했다. 이십 대 후반이란 나이가 결코 새로운 시작을 환영받는 시기는 아니지만, 나이가 나를 힘들게 하지는 않았다. 문제는 혼자서는 결정을 잘 내리지 못하는 의존적인 성향이었다. 젊은 날 방황을 하며 자꾸 일이 내 마음처럼 풀리지 않자, 어느 순간부터 내 결정을 온전히 믿어주기가 어려워졌다. 스스로에 대한 믿음 부족과 약한 정신력은 항상 최종 결정을 내리기 직전에 나를 멈추게 했다. 중요한 결정일수록 타인의 말을 듣고 지지를 구하고 싶은 마음이 컸다.

특히 관련 분야 권위자의 말이라면 '팥으로 메주를 쑨다고 해도' 신봉했다. 공무원은 어렵게 합격해서 갖게 된 직업인만큼, 사회에서 '신의 직장'이라 떠받들며 인정해주는 곳인 만큼, 퇴사는 더욱 신중해야 된다고 생각했다. 그래서 퇴사 컨설턴트에게 가서 나름 큰돈을 주고 상담을 받기로 했다. 해외 취업에 관한 정보를 수집하고 이력서를 준비하는 과정에서 만나게 된, 한창 떠오르는 컨설팅 회사였다. 주말을 맞아 지도를 보며 알음알음 겨우 찾아간 사무실에는 젊은 여자 한 명이 나를 기다리고 있었다. "저기 상담 예약했는데, 이곳 맞나요?" 말을 건넸더니 앉아 있던 여자가 웃으며 목례를 하고는 상담실로 나를 안내했다. 안내 직원인 줄 알았는데 알고 보니 그분이 상담자였다. 그분도 공무원으로 일하다가 사표를 낸 경험이 있었고 이후 교육 컨설팅 사업을 하며 청소년이나 청년들의 진로 상담을 하고 있다고 했다. 삼십 대 중반의 젊은 컨설턴트라는 것이 마음에 걸렸지만, 공무원이었던 경험도 있고 퇴사 이후의 삶을 직접 겪고 있는 인생 선배이기도 하니 도움이 되는 말을 많이 들을 수 있을 것이라 믿었다. 기대감에 부풀었다.

◇ ◇ ◇

책상 위에는 여러 유형의 질문들이 적힌 A4용지 세 장이 놓여 있었다. 펜을 들어 질문들에 대한 답변을 최대한 솔직히 적어 넣었다. 가족 관계부터 시작해서 내가 지금 하는 일, 그리고 현재 하고 있는 고민들까지. 절박했다. 돈까지 내고 지방에서 서울로 컨설팅을 받으러 올 때는, 그만큼 도움이 간절했던 것이다. 질문지를 모두 작성하고 나자, 자리를 비웠던 컨설턴트가 커피 두 잔을 들고 돌아왔다. 그리고는 내가 쓴 기록을 찬찬히 둘러보았다. 일 분 정도 흘렀을까, 갑자기 그녀가 내게 돌직구를 날렸다.

"본인이 굉장히 잘났다고 생각하지요?"

내가 쓴 답변을 제대로 다 읽어봤는지도 의문일 정도로 짧은 시간 만에, 갑자기 다짜고짜 공격적인 말투로 질문을 받으니 순간 기분이 좋지 않았다. 당황스러웠다.

"이대로 퇴사하면 인생 망해요. 그냥 공무원 하세요. 지금처럼 주말이나 쉬는 날 이용해서 본인이 하고 싶은 거 찾아서 하고 사세요."

속사포처럼 쏟아지는 컨설턴트의 말에 정신을 못 차린 채 순간 멍해졌다. '대체 나에 대해 무엇을 얼마나 알고 그렇게 말씀하시는 거죠?'라고 따져 묻고 싶어졌지만, 일단 꾹 참았다. 안 그래도 퇴사를 고민하며 자신감이 바닥까지 내려가 있을 때였고, 내 결심에 대한 확신의 근거가 부족했던 탓도 있다. 그럼에도 불구하고 내가 잘났다고 생각하느냐는 그 질문에는 도저히 동의할 수가 없었다. 내가 잘났다고 생각하면 내 마음대로 하지 뭐 하러 주말에 힘들게 지방에서 서울까지 올라와 돈을 내고 컨설팅을 받으려 하겠는가.

"말투가 기분 나빴다면 이해해주세요. 좋은 말로 위로가 필요한 사람이 있고, 따끔하게 냉정한 조언을 해야 할 부류가 있지요. 후자인 것 같아 보여서 일부러 세게 말씀드렸어요."

컨설턴트라 불리는 여자는 앞에 놓인 커피를 한 모금 들이키고는 잠시 뒤 본인의 이야기를 이어갔다.

"나도 공무원이었습니다. 공무원 관두고 나서 미친 듯이 힘들었습니다. 가족들에게도 미안했고 주변 사람들의 시선이 두려웠어요. 아예 다른 지역에 방을 얻어 몇 달간을 틀어박혔지요. 지금 외국 나가는 것이 과연 좋을까요? 나가봤자 뭐 대단히 좋은 일? 생기지 않아요."

내 이야기는 한마디도 들어보지 않고 나를 다 아는 듯이 말하는 태도에 자존심이 상했다. 그런데 화를 내기는커녕 눈시울이 붉어졌다. 내 마음을 제대로 표현하지 못했다는 억울함 때문인지, 아니면 그 사람 말이 현실적으로 다 맞는 이야기이기 때문인지 구분이 되지 않았다.

이때는 몰랐다. 내가 외국으로 나가서 인생을 설계해보고자 했던 꿈이 '도피'와 다르지 않았다는 것을. '어쨌든 용기

를 내면 세상은 나를 도와줄 것이다. 나만큼은 다를 거다. 잘
될 거다.' 아마 컨설턴트는 이런 생각을 경계하란 뜻이었을지
도 모르겠다. 그녀의 진짜 의도는 여전히 알 수 없지만 그땐
더 대화를 나눌 필요가 없다고 느껴졌다. 공무원 퇴사를 한
누군가의 삶을 들었다는 것만으로 충분하다고 위안을 삼기
로 했다. 당시 공무원을 관둔 사람들을 직접 만나본 일이 없
었으니까. 일견 수긍할 수밖에 없는 그 말에 서럽고 분한 마
음을 참느라 굵은 눈물만 눈가에 매달려 대롱거렸다. 더는 그
런 모습을 보이기 싫었던 나는 급하게 작별 인사를 하고 등
을 돌렸다. 그러다가 잠깐 멈춰 서서 물었다.

"그런데요. 컨설턴트님은 공무원 왜 관두셨어요?"

잠시 침묵이 흘렀다. 기다리다가 포기하고 문을 열려고
문고리를 잡았는데 뒤에서 그분의 또렷한 목소리가 들렸다.

"아침에 출근할 때마다 지나가는 차에 치여 죽고 싶었
어요."

그런 답변을 예상하지 못했기에 차마 뒤를 돌아보지 못
했다.

"남들이 좋다고 말하는 직업을 가지고 있는데 단 하루
도 행복하지 않았어요. 매일 지옥 같았어요. 답이 되었나요?"

"네."

뒤돌아서 지하철역까지 걷는데 참았던 눈물이 폭발하듯 쏟아졌다. 주변 사람들을 돌아볼 겨를도 없이 꺼이꺼이 울었다. 나조차 당황스러울 정도로 많은 감정들이 눈물에 기대 한꺼번에 쏟아져 내렸다. 뒤늦게 주변이 의식되어 선글라스로 얼굴을 가리고 지하철 플랫폼에 도착했다. 거기엔 다행히 아무도 없었다.

허공에 대고 중얼거렸다.

"지금 제 상태가 딱 그래요."

퇴사, 그리 대단한 일은 아니지만

그렇게 시간이 흘러 사표를 냈다. 두 달 전에 이미 말씀드린 사항이라서 사무실에 갑작스러운 폭풍이 몰아친 것은 아니었지만, 막상 진짜로 사표를 받으니 직속 상사는 많이 놀라는 눈치셨다. 잠시 지쳐서 그랬을 뿐 당연히 곧 마음을 바꿀 것이라 여기셨던 모양이다. 행여 마음이 바뀔까봐 예정된 날짜에 맞춰 미국으로 여행을 떠날 비행기 표를 예매해두었다.

떠나기 얼마 전. 인사계 담당 직원이 나를 불렀다.

"결혼 안 할 거예요? 공무원 너무 잘 어울리는데 왜 관두려고 해요."

내가 공무원을 관둔다고 했을 때 가장 많이 들었던 말이 두 가지다. 하나는 "결혼 안 하고 애도 안 낳을 거예요?", 다른 하나는 "대체 공무원씩이나 관두고 뭐 대단한 걸 하려고요?"

그런 질문을 받으면 대답 없이 웃기만 할 때가 많았다.

물론 마음속으로는 이렇게 대답했다.

'결혼하고 싶은 사람이 생기면 결혼도 할 거고요. 낳고
싶으면 애도 낳을 거예요. 그런데 그 언젠가를 위해 오늘의
나를 포기하긴 싫어요.'

◇ ◇ ◇

마지막 근무 날은 그 어느 때보다 빠르게 흘러가버렸다. 작별
은 늘 힘들다. 내 자신에게 힘을 주어야 했다. 그날 하루 나를
온전히 다독여줄 사람은 가까운 가족이나 친구들도 아닌, 바
로 내 자신이어야 했다.

'여기서 일하는 동안 최선을 다해줘서 감사해. 누군가
는 너에게 나약하다고 할지도 모르고(실제로 그렇게 말한 사람
은 없었지만), 이곳을 나가자마자 얼마나 힘들지 아직 모르고
있다며 겁을 주기도 하지. 물론 다 널 걱정해서 하는 말이지
만, 이 순간만큼은 네가 편한 대로 생각해도 괜찮다고 말하
고 싶어. 돈은 있을 때도 있고 없을 때도 있어. 하지만 만약
지금 이 순간 네가 온통 부정적인 생각에만 사로잡혀 있으면
끝을 맞이하는 이 아름다운 찰나를 영영 잃고 말아. 이 시간
은 다시 오지 않아. 너의 건강도, 너의 웃음도, 너의 사람들
도, 너의 젊음도 오늘 하루분의 것은 이것으로 끝이야.'

다른 근무지에 있던, 이전에 같이 일하던 선배들이 소식을 듣고 전화를 주셨다. 그 용기를 지지한다고, 어디에, 어떤 모습으로 있든 잘 살 거라며 응원해주셨다. 한참 후에 뒤적여본 그날 밤 적은 일기장에는 아래와 같은 내용이 적혀 있었다.

"나는 서른을 앞둔 어느 바람 좋은 봄날 공무원을 퇴사했다. 누군가에게는 이십 대의 어두운 방황을 마치고 안정을 찾아가기 좋은 나이다. 여자에게 가장 중요하다고 말하는 때이다. 아이를 낳고 행복한 가정을 꾸릴 때라지만 나에게는 아니었다. 그 사실을 인정할 수 없어서 너무 오랜 시간 괴로워했다. 하지만 인정하기로 했다. 나는 아직 목이 마르다. 나에 대해 더 깊이 알아가고 새롭게 도전하며 성장하는 삶을 멈추지 않을 거다. 느리더라도 이제는 포기하지 않으리라. 포기해보니까 알겠다. 나를 포기하고 사는 삶이 얼마나 불행한지를. 끊임없이 부딪치고 실패하더라도, 나의 선택이니 책임을 지고 나의 길을 걸어보겠다."

오랜만에 지난 기록을 보며 '그날의 좀 더 어린 나'를 만나니 기분이 이상했다. 많이 두려웠을 텐데 계획한 대로 마지막까지 꾸준히 자신의 소신을 밀고 갔던 스스로가 대견했다. 별생각 없이 다음 페이지를 넘겼다. 그런데 다른 색 펜으로 추가로 덧붙여진 몇 줄이 보였다. 날짜를 보니 퇴사한 지 이 년쯤 지나 딱 서른이 되었을 때였다.

"내가 내 인생에서 제일 잘한 몇 가지 선택 중 하나. 공무원 8급 승진 후 미련 없이 그곳을 떠난 것. 그렇게 하지 않았다면 나는 안정된 삶을 살았겠지만 지금도 나를 원망하고 사랑하지 못하고 있었으리라. 공무원 시험에 뛰어들어 이뤄본 작은 성취는 나에게 큰 힘이 되어주었다. 공무원은 참 좋은 직업이다. 분명 맞는 사람도 있지만 난 아닌 걸 알면서도 그 자리에 가고 싶어 했다. 세상에 잘 섞이고 대중과 같아지고 싶었다. 남들 눈에 괜찮은 사람으로 보이고 싶어 아등바등했다. 하지만 그 누구 하나 '똑같은' 사람은 없다. 그렇기에 나는 잘나거나 못난 게 아니라, 그냥 그 누군가와 다를 뿐이다. 너무 한참을 돌고 돌아온 것처럼 느껴지는 지금. 하지만 돌아온 길이 틀린 길이라 말할 수 있겠는가. 세상에 필요 없는 경험이 있겠는가. 쉽고 보장된 길만 찾아다니지 말고 내가 어떻게 살지는 스스로 개척해가자. 깨지고 넘어져도 다시 시도해보자. 돌아보면 시련은 다음 도약을 위한 또 하나의 디딤판이었으니까."

◇ ◇ ◇

나에게 사표를 내는 일은 '도전'이란 단어를 무기 삼는 벼슬이 아니었다. 그렇기에 대단한 말로 나를 포장할 필요도, 혹은 정당화할 이유도 없다. 그렇다고 자신과 맞지도 않는 일을 마냥 버티면서 '인내의 훈장'을 다는 것이 더 위대하다고 보지도 않는다. 그저 각자 자신의 가치에 맞는 삶을 살면 된다고 생각한다.

공무원 집단을 벗어나면 어려움과 고통을 겪게 될 거라는 건 예상했다. 하지만 내가 놓친 게 있다면, 예상했던 것보다 그 고통과 불안이 훨씬 클 수 있다는 점이었다. 사회는 참 냉엄하다. 하지만 그것 또한 내가 감당할 몫으로 스스로 선택한 것이기에 감내할 수 있었다. 고통이 크다고 해서 더 불행한 건 아니다. 나는 지금 울타리 안에 있을 때보다 훨씬 행복하다. 자살을 생각한 적도 없다. 아침에 눈 뜨고 싶어진다. 더 최선을 다해 살아보고 싶어진다. 내가 나답게 내 인생을 책임지고 살고 있기 때문이다. 그것이 내가 공무원 집단을 나와, 당당히 지금 나의 길을 걸을 수 있는 이유이다. 나는 여전히 스스로의 부족함에 자주 자책하기도 하고 어느 때보다 느리게 걷고 있지만, 그럼에도 불구하고 나의 찬란한 청춘은 여전히 현재진행 중이다.

공무원 퇴사 그 이후,

용기 내어 천천히 걸어가는

가장 나다운 삶

그저 빨리 떠나고만 싶었다

방학이 되면 한적해지는 대학가 골목 어귀에 내가 사랑하는
단골 카페가 있다. 외관은 허술하고 간판도 화려하지 않다.
누구에게나 스무 살의 추억을 오롯이 담고 있는 소박한 공간
이 하나쯤은 있기 마련인데, 나에게는 그 카페가 바로 그런
장소다. 그래서인지 퇴사하고 자유라는 이름으로 잠깐의 공
백이 생겼을 때 처음 떠오른 장소가 바로 그 카페였다.

◇ ◇ ◇

사무실의 짐을 정리해서 차에 모두 싣고 공무원증을 반납했
다. 공무원증에는 처음 입사했을 때의 내가 설렘 가득한 표
정으로 환하게 미소 짓고 있었다. 근무지로 발령받고 나서 첫
번째 주말에 찍었던 사진이다.

"안녕하세요. 증명사진 하나 찍어주세요."

"어디에 쓰시게요?"

"공무원증이요."

"합격 축하드려요. 부모님이 기뻐하시겠네요."

그날 사진관에서 오고 갔던 대화마저 모조리 기억났다. 기분이 무척 이상했다. 책상 정리를 마치고 사무실 직원들 한 분 한 분과 인사를 나눌 때 6급 계장님 중 한 분이 내게 악수를 청하셨다.

"나중에 힘들면 다시 시험 봐서 꼭 돌아와. 기다리고 있을게."

그러자 나를 유난히 예뻐해주시던 선배가 웃으며 말씀하셨다.

"에이, 계장님. 그 어려운 시험을 또 보라고요? 너무하신다!"

'맞아요. 그건 심하셨어요. 저도 다시 시험 볼 생각하니 끔찍하네요.'

마음속으로 대답했다. 그래도 웃으며 응원을 건네주시는 넉넉한 손길이 큰 힘이 되었다.

◇ ◇ ◇

입사한 이후로 줄곧 바쁘다는 핑계를 대며 단골 카페에 다시 들른 적이 없었다. 아니, 실은 다른 마음도 있었다. 이제 어엿

한 어른이 되었으니까 대학생 때의 나와는 결별하고 싶은 그런 심리 말이다. '한 치 앞도 알 수 없던 방황의 날들, 진로에 대한 고민, 가진 것 하나 없던 초라함 등은 이제 안녕. 난 이제 사회인이야. 더 이상은 만나지 말자.'

하지만 결국 몇 년이 흘러 그때의 나로 다시 돌아온 느낌이 들었다. '몇 년이 흘렀으니 카페도 나처럼 많이 바뀌어 있겠지. 혹시 다른 자리로 이전했거나 사라지진 않았을까?' 걱정이 앞서기도 했지만 날씨가 맑은 것을 보니 오늘 좋은 일이 생기겠구나 싶었다. 다행히 카페는 그대로였다. 입구에 들어서자마자 예전 기억들이 떠올라 심장이 찌릿찌릿했다. 친구들과 나누던 소소한 일상과 감정들이, 특유의 커피 향을 타고 온몸의 세포를 깨워주는 것만 같았다. 스무 살에 흘린 많은 눈물과 웃음들이 벽면 곳곳에 촘촘히 박혀 나를 반겨주었다. 성인이 되어 처음 사귄 친구들, 첫 소개팅과 미팅의 긴장감, 가슴 졸였던 첫 수강신청의 설렘, 손발이 오그라드는 부끄러운 기억들 모두를 넉넉하게 끌어안고 나를 기다려주고 있었다.

카페 주인아저씨와 눈이 마주쳤다.

"오랜만에 오셨네요. 그동안 잘 지냈지요?"

"우와. 저를 기억하시네요."

주인아저씨는 빈 찻잔들을 헝겊으로 닦으며 말을 이어 가셨다.

"그럼요. 늘 먹던 메뉴도 기억나는데요. 오늘도 같은 거 드셔요?"

덩달아 미소가 지어졌다. 예전과 달리 드문드문 보이는 주인아저씨의 흰머리가 '나의 시간 또한 상당히 흘렀음'을 냉정하게 말해주지만 잠시 외면해두기로 했다. 그동안 참 많은 일이 있었다. 그사이 한 살 한 살 나이를 먹으며 나에게도 많은 변화가 있었을 거다.

퇴사 이후 한동안 그 카페에 틀어박혀 청소년 권장용 진로 탐색 도서들을 많이 읽었다. 청소년 도서가 성인이 된 후에 이렇게나 와닿는 걸 보면, 청소년기에 응당 짚고 넘어갔어야 할 고민들을 계속 미뤄왔던 모양이다. 사회가 요구하는 모범생으로 살기 위해 애썼다. 거기에 귀 기울이고 따라가는 데 허덕이는 동안 내면의 목소리는 매몰되기 일쑤였다. 이제야 미세하게나마 겨우 느낄 수 있게 된 내면의 음성에 반가움은 배가 되었다.

◇　◇　◇

언젠가 "상상할 수 있는 모든 것이 직업이다"라고 말하는 농

사깃는 판화가 이철수 님의 삶을 책에서 만난 적이 있다. 인상적인 인터뷰 내용 때문에 몇 년이 흐른 지금까지도 기억에 생생하게 남아 있다.

"제 아들이 스물여덟, 딸이 스물여섯 살인데 이제 막 사회생활을 시작했어요. 그런데 둘 다 취직을 안 하겠다는 거예요."

흥미로웠다. 부모 마음에 얼마나 한심하고 걱정이 되셨을까. 그런데 그다음 말씀이 큰 충격으로 다가왔다.

"저는 아이들이 취직해서 답답하게 살까 봐 걱정했었는데, 오히려 다행이라고 생각했어요. 세상의 그 어떤 직업이라도 소중하지 않다고 여기지는 않지만, 제 아이들이 좀 더 자유로운 인생을 살아가면 좋겠다는 생각 때문이었지요."

그 글을 읽자, 당시 한창 비뚤어져 있던 내 마음에는 냉소가 가득했다.

"자유로운 인생을 살아가려면, 지지대가 있어야 하잖아요. 한번 뛰어오르고자 용기를 쥐어짜봐도 받쳐줄 곳 하나 없어 끝도 없이 추락할까봐 두려워요. 그렇기에 우리는 직업의 자유를 생각할 수가 없어요. 생존이 위협을 받고 있어요. 직업은 더 이상 자아실현의 도구가 아니에요. 평범한 삶, 그것조차 너무 어려운 세상이죠. '어떤 인생을 살고 싶니?'라고 질문하기는커녕 '어느 직장에 들어가야 좀 더 나을까? 안 잘릴까? 오래 다닐 수 있을까?'를 고민하게 되는 청춘. 그게 대한민국을 사는 우리잖아요. 아닌가요."

　막막하고 답답한 이곳을 나는 하루빨리 떠나고 싶었다. 떠나면 괜찮아질 거라는 헛된 믿음을 품으며.

첫 미국 여행, 나는 여전히 그대로였다

퇴직금으로 계획한 건 두 가지였다. 하나는 부모님을 모시고 제주도 여행을 다녀오는 것. 그리고 다른 하나는 본격적으로 한국을 떠나 살기 전 홀로 미국 여행을 다녀오는 것. 공항에 도착하자마자 가슴이 두근거렸다. 어릴 적, 출장에서 돌아오신 아버지가 나를 바라보며 해주신 말씀이 성인이 되어서도 생생했기 때문이다.

"세상은 정말 넓다. 나중에 네가 미국에서 일했으면 좋겠다."

이 여행에서 나에게 준 미션은, 바로 외국인 친구를 세 명 이상 사귀어 오는 일이었다. 그래서 일부러 혼자 갔다. 스스로 작은 성취를 이룸으로써 나 자신에게 용기를 주고 싶었기 때문이다. 직접 영문으로 내 명함을 만들어서 열 장 준비해 갔다. 호기롭게 퇴사를 감행했지만, 주변 사람들의 반대를 뚫고 계획대로 밀고 나가는 일이 쉽지만은 않았다. 그사이

나는 많이 지쳐 있었고 자신감도 떨어진 상태였다. 나를 다시 일으켜줄 계기가 필요했다. 그렇기에 관광지를 돌아다니며 사진을 찍어 SNS에 올린다거나 하는 일은 애초에 내 관심사가 아니었다. 그래서 한 마을에서만 조용히 일주일을 지냈다. 나는 나와 다른 환경에서 지내온 사람들을 되도록 많이 만나보고 싶었다.

◇　◇　◇

오랜 비행 탓에 피곤한 몸을 이끌고 도착하자마자 마주친 사람은 흑인 여성이었다. 붐비는 스타벅스. 주문을 하고 자리를 찾느라 두리번거리는데 가방을 옆에 둔 채 두 자리를 차지한 여성이 눈에 띄었다. 조심히 다가갔다.

"여기 자리 혹시 비었나요?"

잠시 정적이 흘렀으나 곧바로 가방을 치우며 자리를 내준 그녀가 말했다.

"와우, 당연히 가능하지. 여긴 스타벅스야. 누구나 앉을 수 있어. 설마 처음 왔니?"

엄청난 리액션과 큰 목소리(물론 영어였다)에 나는 깜짝 놀라 조용히 속삭였다.

"여기서는 처음이에요……. 한국에서만 가봤어요……."

"와우, 코리아! 좋은 나라지. 언젠간 꼭 가보고 싶어."

한국이라는 단어가 나오자 그녀의 표정과 제스처, 목소리는 한층 더 커졌다. 그리고 마침내 올 것이 오고야 말았다. 내게 북한에 대해 묻는 것이 아닌가. (그땐 BTS가 세계를 무대로 활동 영역을 넓히기 전이었다.)

"아 오해하신 모양인데 저는 남한에서 왔어요."

실망이 역력한 표정의 그녀. 남한 사람이라도 당연히 북한에 대해 알 거라 생각한 걸까. 우리의 대화는 거기서 끊어지고 어색한 침묵이 이어졌다.

두 번째로 만난 외국인은 나에게 길 안내를 해준 친구였다. 내가 조심스레 명함을 내밀자 그녀도 자신의 명함을 주었다. 어려 보이는 외모 탓에 근처 대학의 학생인 줄 알았는데 놀랍게도 유명 잡지사의 기자였다. 한국의 복지 정책에 관심이 많았다는 그녀는 내가 이전에 공무원이었다고 하자, 속사포로 질문을 쏟아냈다. "나는 미국의 이러이러한 정책에는 (못 알아들었다) 부정적인 견해를 가지고 있는데, 너희 나라의 관련 정책들은 무엇이니?" 오 마이 갓. 순간 청문회에 온 기분이었다. 그런 질문들은 내가 대답하기엔 한계가 있었고, 나는 주눅이 든 채로 고백했다. 그런 답변을 할 수 있을 정도로 영어 실력이 유창하지는 못하다고. 그녀는 그런 게 무슨 상관이냐는 듯 어깨를 으쓱하며 천천히 재미있는 화젯거리로 말을 돌리며 대화를 이어가려 애써주었다. 하지만 이미 바닥을 기는 나의 자신감은 끝 간 데를 모르고 한없이 떨어지고만 있었다. 그땐 참 어리석게도 스스로 내 한계를 마주하는 게 싫었던 모양이다. 그 친구는 내 숙소 근처에 있는 카페에서 좀 더 함께 이야기하고 싶어 했지만, 더는 초라해지고 싶지 않았던 나는 핑계를 대며 그녀에게 등을 돌리고 말았다. 그렇게 작별 인사를 하고 나서, 나는 너무나 한심하다며 용기를 내지 못한 자신을 또 한 번 나무랐다.

◇　◇　◇

그렇게 여러 날이 흘렀다. 어느덧 한국으로 돌아갈 시간이 되었고, 공항에 도착한 내 손엔 아직 한 장의 명함이 남아 있었다. '그냥 이대로 포기할까?' 생각하고 있을 때쯤 바로 앞에 칠십 세쯤 되어 보이는 백발의 백인 할머니가 보였다. 그 순간 이유는 알 수 없었지만 꼭 저분께 말을 걸어야겠다는 강한 확신이 들었다. 하지만 역시 두려웠다.

'그래. 어차피 이제 떠날 건데 뭐 어때. 그냥 명함 드리고 인사만 나누는 거야.'

한참 망설인 끝에 검지로 그분의 등을 톡톡 두드렸다.

뒤돌아 놀란 표정으로 나를 바라보시는 그분께 인사를 했다. 어색하게 웃으며 내 명함을 내미는 것도 잊지 않았다.

"저는 한국에서 혼자 여행 왔다가 이제 돌아가는 참이에요. 어디까지 가세요?"

우려와 달리 그분은 정말 환하게 웃어주시며 자신은 알래스카에 있는 아들을 만나러 가는 길이라고 말씀하셨다. 우리는 한국에 대해서도 많은 이야기를 나눴다. 여러 이야기가 오가던 중 갑자기 할머니께서 나에게 "영어를 잘 하네요"라고 말씀하셨다. 순간 나는 당황한 표정으로 손사래를 치며 소리를 질렀다.

"No, no, no, no!! I can't speak English!"

할머니의 표정이 일순간 확 굳어졌다. 나 역시 반사적으로 튀어나온 내 반응이 그렇게까지 격할 줄은 몰랐기에 너무 놀랐다.

"왜 이렇게 본인에게 자신감이 없어요?"

그때 무섭게 나를 꾸짖으시던 할머니의 말씀을 나는 지금까지도 잊을 수가 없다.

"나는 당신 나라의 말을 하나도 할 줄 몰라요. 그런데 당신이 영어를 할 줄 알기 때문에, 여기까지 와주었기 때문에 우리가 이렇게 대화를 나눌 기회가 생긴 거잖아요."

그러면서 Amazing, 이라는 단어를 덧붙이셨다.

"우리가 소통할 수 있는 건 굉장히 대단한 일이에요."

◇ ◇ ◇

Amazing이라는 단어가 이리도 감동적이었던가. 그때 깨달았다. 나의 자신감은 내가 있는 공간이 바뀐다고 해서 달라지는 게 아니라는 것을. 나는 표면적으로는 즐기러 가는 것처럼 미국 여행을 떠났지만, 내심으로는 마치 내가 지난 십 년간 배웠던 영어를 평가받는 자리처럼 여기고 있었다. 저 외국인이 나를 판단하지 않을까, 라고 멋대로 생각해버린 거다. 그랬기에 친구를 사귀는 데도 제약이 생겼다. 나는 만남과 소통보다는 발음에 대한 강박과 보여주기식 영어에 갇혀 있었다. 영어는 의사소통을 위한 수단일 뿐인데, 완벽하게 구사하지 않으면 낙제를 받는다는 학창 시절의 강박관념이 성인이 된 후에도 그대로 남아 있었던 것이다. 그때 나는 평생 나를 옥죄어온 시험과 경쟁의 삶이, 성인이 되어 학교로부터 자유로워진 지금까지도 여전히 나를 사로잡고 있다는 것을 깨달았다. 자발적으로 미국에 와서 나 자신에게 자유를 주었음에도, 여전히 스스로 감옥을 만들어놓고 나를 가두고 있었던 거다.

내 몸의 신호를 무시한 결과

내 이십 대를 아는 사람들이 우스갯소리처럼 자주 하는 말이 있다.

"네 인생은 진짜 영화 같아. 너무 스펙터클하지 않니?"

인생의 여름이라 불리는 청춘의 시기. 내 여름의 끝자락에서 나는 어떤 가을을 만나 포개지게 될까. 용기만 내면, 굳게 결심만 하면 나름 잘 풀릴 줄 알았던 해외에서의 인생 2막 계획은, 가차 없이 나를 배신했다.

◇ ◇ ◇

퇴사하기 전부터 이따금씩 심장 쪽에 통증이 찾아오곤 했다. 스트레스가 심할 때면 통증은 더욱 격렬해졌지만 크게 신경 쓰지 않았다. 내 나름대로 스스로 되뇌는 변명이 있었다. 첫째, 나는 너무 젊다. 한창 열심히 일하며 살 나이이다. 둘째, 직장인들이라면 누구나 스트레스로 인해 크고 작은 통증 하나쯤은 달고 산다. 두통이 오기도 하고, 속 쓰림은 직장인들의 훈장이라고도 한다. 나라고 크게 유난 떨 필요도 없다. 엄살떨지 말자.

하지만 근무 중에 통증이 지속되자 심장이 약한 체질인가 싶어 한의원에 가본 적이 있다. 면역력이 많이 떨어졌다면서 정신적으로 힘들면 바로 몸의 통증으로 나타나니 조심하라는 말을 들었다. 심신이 안정되어야 하기 때문에 휴식 또한 전진을 위해 꼭 필요한 요소임을 늘 기억하라 하셨다. 그 말을 들은 나는 헛웃음을 지었다. 병원에서는 어째 늘 쉬라고만 한다며 투덜거렸다.

'쉬면 돈이 나와요, 쌀이 나와요?'

그도 그럴 것이, 눈이 아파 병원에 가면 컴퓨터나 핸드폰을 자주 보지 말라는 답변만 돌아온다. 눈을 쉬게 해주라나. 당연히 맞는 말이고 새겨들어야 하겠지만, 그렇다고 큰 병에 걸린 것도 아니니까 흘려듣게 마련이었다. 하지만 어느 순간부터 너무나 극심한 통증으로 고통받는 밤들이 이어졌고 잠들기 어려운 지경에까지 이르자, 보건소에 들러 검사를 받았다. 이상 소견이 보이니 큰 병원에 가서 심장 초음파를 받아보라는 답변이 돌아왔다. 그때는 살짝 겁이 났다. 잔뜩 쪼그라든 심장을 부여잡고 병원에 갔는데 초음파 검사에서도 이상 소견이 나와 3차 정밀 검사로 이어졌다.

그땐 얼마나 두렵던지. 하지만 참 황당하게도 3차 검사까지 마친 후 최종 소견은 '이상 없음'이었다. 이때 이후로 나는 철저하게 내 몸을 믿지 않았다. 평소에도 이것저것 상상하기를 좋아했고, 상상을 하노라면 그것들이 눈앞에 생생하게 이미지화되어 나타나기까지 하던 나였다. 글을 쓰거나 지나간 일을 기록으로 정리할 땐 그런 내 특성이 도움이 되었다. 하지만 당시에는 아프다고 믿으면 진짜 그곳에 통증을 느끼는 심한 엄살쟁이인가 보다, 라고 내 몸의 증상을 안일하게 여기게 했다. 정밀 검사를 받기 전 '나 심장병 걸린 거냐'며 호들갑을 떨던 잠깐의 시간마저도 부끄럽게 느껴졌다.

그런데 외국행을 앞두고도 통증이 지속되자 딸을 멀리 보내야 하는 어머니는 노파심에 물으셨다. 혹시 심장이 아니라 유방 쪽에 문제가 있는 것이 아니냐고. '에이 유방암 가족력이 있는 것도 아니고' 하며 특유의 안일한 태도로 또다시 대수롭지 않게 넘기려 했으나, 어머니의 성화에 못 이겨 결국 근처 대학병원에서 검사를 받게 되었다. 그런데 늘 고통을 호소했던 그 자리에 정말 이상이 있었다. 그래도 암은 아니라기에 마음을 놓았는데 의사 선생님께서 청천벽력 같은 말씀을 하셨다.

"마음을 놓기는 일러요. 크기가 애매해서 경과를 지켜 봐야 합니다. 더 커지면 위험 소견이 나올 수도 있어요. 다음 검사 날짜를 잡을 테니 당분간은 계속 정기 검사를 받으세요."

"네? 선생님, 저 외국 나가야 하는데요!"

갑자기 초조해졌다. 눈앞이 캄캄했다. '차라리 퇴사 전에 알았으면 나중에 심각해졌을 때 병가라도 썼을 텐데, 왜 퇴사하고 나서 이런 말을 듣게 되는 거죠.' 입안에서 맴도는 볼멘소리들이 닿을 대상을 찾지 못하고 웅성거렸다.

아니나 다를까. 딸이 외국에 나가 사서 고생하려 하는 것을 영 탐탁지 않게 여기셨던 어머니가 옆에서 부추기셨다.

"애 좀 봐. 선생님 말씀 들어."

"중병 걸린 거 아니잖아. 별거 아니잖아. 나 이 년 후면 서른이야! 더 늦으면 안 돼!"

"딸, 인생 생각보다 길어. 병 키운 다음에 후회할래? 건강 잃으면 꿈이 다 무슨 소용이야!"

흔한 어머니와 딸의 대화가 오갔고, 뒤이은 의사 선생님의 한마디로 상황은 일축되었다.

"당장은 무리입니다."

그 순간, 우습게도 내 머릿속을 점령하는 한 가지 걱정은 나에 대한 것이 아니었다.

'나 외국 나가서 일하고 싶다고 떠들어놨어. 그것 때문에 퇴사했다고. 그런데 이제 대체 뭐라고 말해?"

그랬다. 아직까지도 나에게는 나의 건강이나 미래보다는 주변 사람들의 시선이 더 중요하고 두려웠던 거다.

'딱 한 달만이라도 일찍 알았더라면 사직서 내는 것을 좀 더 보류했을 텐데, 사람들이 나 뭐 하냐고 물어볼 텐데, 이러면 너무 비참해지는 거잖아. 나 한국에 있고 싶지 않아. 나 외국 나갈 거라고!'

서른, 다시 시작하기 참 좋은 나이

스무 살 때는 서른 살의 내 모습이 굉장히 먼 미래처럼 느껴졌다. '미래에 나는 어떤 모습으로 살고 있을까?' 누구나 한 번쯤은 꿈꿔보게 마련이다. 나 역시도 대학 시절 동기들과 점심시간에 캠퍼스 벤치에 앉아 수다를 떨 때, 서로의 미래를 함께 상상해보기도 했다.

"나는 결혼해서 예쁜 아이의 엄마가 되어 있을 거야."

"지금이 무슨 조선 시대니? 한창 일할 나이지."

그럴 때면 난 큰 소리로 외쳤다.

"난 무조건 한국 뜬다. 외국 가서 살 거야."

◇ ◇ ◇

나에게도 서른 살에 대한 로망이 있었다. 상상 속의 그날은 햇볕이 내리쬐는 상쾌한 아침으로 막을 연다. 카페에 들러 커피 한 잔을 테이크아웃한다. 그러고는 "고마워요. 좋은 하루

보내요." 점원에게 가볍게 윙크를 날리며 돌아선다. 나는 결코 한가한 사람이 아니기에 한 손에는 커피를 들고 바쁘게 걷지만 그렇다고 품위를 잃는 법도 없다. 상상 속에서 만나는 서른 살의 나는 당연히, 성공 가도를 달리는 커리어 우먼들 중 하나였다. (정작 무엇으로 성공할 것인가는 그리 깊이 생각해보지 않았다.)

갑자기 바람이 불어 코트 자락이 휘날린다. 가끔은 지하철 통풍구 위에 서서 마릴린 먼로 흉내를 내기도 한다. 거리에는 경쾌한 뮤지컬 음악이 흘러넘친다. 어린 날의 나에게는 마치 영화에서 본 모든 풍경이 나의 미래가 될 것만 같은 행복감이 가득 차 있었다. 〈악마는 프라다를 입는다〉라는 영화가 인기를 끌었던 때가 있다. 패션 센스 제로였던 여자 주인공이 멋지게 스타일 변신에 성공하고 뉴욕 거리를 활보하는 모습을 보며 나의 삼십 대는 그보다 더 찬란할 것이라고 믿어 의심치 않았다. 하지만 정작 닥치고 보니 서른 살도 그리 특별할 게 없었다.

서른은 참 이상한 나이다. 스무 살 때 걱정했던 것처럼 폭삭 늙거나 성숙한 것은 아니지만, 마냥 어린 것도 아니다. 예전엔 중·고등학생들을 보면 그렇게 귀여워 보였는데, 이제는 대학생들도 그렇게 사랑스럽고 귀여워 보일 수가 없다. 그럴 땐 괜히 한숨이 나오기도 한다.

'아, 나도 이제 마음만 스무 살이구나.'

◇ ◇ ◇

병원에서 해외 출국 불가 판정을 받은 지 어느덧 한 달이 흘렀다. 다음 검사 때까지 남은 시간이 몇 백 년처럼 느껴졌다. 내 마음을 아는지 모르는지 봄날의 햇살은 지독히도 따사로웠다. 무중력의 우주 공간에 떠 있는 소형 우주선, 그게 딱 지금의 나 같았다. 처음으로 맞는 무계획, 무의지, 무념 상태의 휴식. 그렇게 고요한 인생을 처음 맞아보는 나의 일상은 실로 어색하기 짝이 없었다. 텅 빈 방에 나 홀로 누워 있다가 불현듯 궁금해졌다. '내 인생에 그 어떤 울타리도 없고 아무런 제약도 없는 자유가 주어진다면 과연 나는 무엇을 하고 싶을까?' 내 시간을 온전히 내 마음대로 사용할 수 있는 시간. 어떤 명함 안에 적힌 사람이 되기 위해 나를 위장하지 않아도 되는 오직 나만의 날들. 고요 속에 직면하는 불안과 평화가 공존하는 타이밍. 그 모든 것이 맞아떨어지는 날이 나를 찾아온 것이다. 어쩌면 기회일지도 모를 날들을 이렇게 불안해하며 날려버려도 되는 걸까?

그때 몇 년 만에 다시 찾았던 단골 카페 주인아저씨의

말이 생각난 건 우연이 아니었을 터. 오랜만에 카페를 다시 찾았던 그날. 여러 감정이 뒤섞여 힘없이 앉아 있는 내게 사장님이 다가오셨다. 그리고 이렇게 말씀해주셨다. 사람에게는 저마다 자신의 색깔에 어울리는 커피나 차가 있다고. 성격 급하고 열정적인 나 같은 사람에게는 역설적으로 더치커피가 잘 어울리겠다고 덧붙이시면서. 그땐 그 말이 잘 이해되지 않았다. 그러고 나서 주인아저씨는 가게 한쪽에 놓인 커다란 더치커피 추출 기구를 보여주셨다. 모래시계 모양의 통 속에서 마치 모래가 떨어지듯, 검은 물이 느리게 한 방울씩 똑똑 떨어지는 모양이었다. 처음 그 모습을 대면했을 때는 속이 터져 죽는 줄 알았다.

"이거, 진짜 이렇게 계속 한 방울씩만 떨어져요? 이래 가지고 대체 어느 세월에 마셔요?"

"이십사 시간쯤 걸려요. 다음 날 아침이 되면 맛있는 커피를 맛볼 수 있을 거예요."

"네에? 꼬박 하루를요? 으으, 안 먹고 말래요."

늘 빨리빨리 성과를 내야 한다고 생각했다. 그래서 바쁘게 나를 혹사시키며 살아왔다. 기다리는 것이 싫어서 맛집도 찾아다니지 않았다. 커피를 이렇게 오랜 시간 걸려 내려 마신다는 건 내 사전에 상상도 못 할 일이었다. 그런 내가 무슨 바람이 불었는지 가정용 더치커피 기구를 구해 집에 들였다. 온종일 떨어지는 검은색 액체를 바라보고 있노라니 답답함을 견딜 수가 없었다. 그래도 참고 기다려보았다. 며칠이 지나자 점점 그 느림의 미학에 매료되기 시작했다. 아침에 눈을 떠보면 밤새 한 방울씩 떨어져 모여 있는 커피를 만날 수 있었다. 왜일까, 그 한 모금이 더 귀하게 느껴졌던 건. 오랫동안 기다린 끝에 어렵사리 만났기 때문일까. 매일 한 방울씩 떨어지는 커피를 바라보고 있노라니 지금까지의 삶이 한 편의 영화처럼 눈앞에 펼쳐졌다.

◇ ◇ ◇

중학교 때였다.

"지금은 아무 생각 말고 공부만 하자. 고등학교 입학 성적으로 일 학년 때 네 이미지가 결정 나는 거야."

그렇게 삼 년이 지나 고등학생이 되었다.

"조금만 더 참고 공부하면 좋은 대학 갈 수 있어. 수능만 끝나면. 그래, 수능만 끝나면."

내 삶에 한가로움을 허락하지 않았다. 게으름은 곧 죄악처럼 느껴졌고 이 강박은 성인이 되어 자유가 주어진 후에도 좀처럼 나를 놓아주지 않았다.

대학교 때는 주말까지 꼬박 채운 아르바이트 스케줄과 각종 대외 활동, 봉사 활동으로 내 모든 시간을 꽉꽉 채워놓았다. 어쩌다 쉬는 날이 오면 친구들이랑 약속이라도 잡아야지, 그러지 않으면 불안해졌다. 공무원 시험을 보겠다고 결심했을 때도, 결심한 지 일주일도 안 되어 바로 수험서들을 구입했었다.

"나 공무원 시험 준비할 거야."

"뭐? 갑자기 왜? 좀 더 고민해보는 게 어때?"

갑작스러운 선포에 당황해하는 지인들에게 그날의 나는 더없이 단호했다.

"웃기지 마. 그런 게 다 무슨 소용이야. 사람 사는 거 다 똑같아. 어차피 지금 딱히 하고 싶은 것도 없고, 공무원 되면 얼마나 좋은데. 공무원만 되면 내 인생 피는 거야."

◇ ◇ ◇

마치 파노라마 사진을 보듯이 내 인생의 순간들을 돌아본 후 생각했다.

'침착하자. 겨우 1년 미루는 것뿐인데 뭐. 요새는 갭이어 (gap year, 학업을 잠시 중단하거나 병행하면서 봉사, 여행, 교육 등의 활동을 체험하며 적성을 찾고 앞으로의 진로를 설정하는 기간)를 갖는 사람들도 많다고 하잖아. 기왕 이렇게 된 거, 지금 이 상황에서 할 수 있는 일을 찾자. 앞으로의 삶을 위해 잠시 정리할 시간이 주어졌다고 생각하자. 더 높고 힘찬 도약을 위해서.'

정규직을 거부하고 비정규직으로 산다는 것

미친 듯이 장대비가 퍼붓더니 언제 그랬냐는 듯 잠잠해졌다. 하늘에는 회색빛을 머금은 구름이 정처 없이 흘러가고 있고, 나도 그들을 따라서 훌쩍 사라지고 싶은 어느 오후였다. 창문에 맺힌 이슬 사이로 저 멀리 산봉우리가 보였다. 산 중턱에 걸쳐 산봉우리 사이의 여백들을 몽글몽글 채우고 있는 구름 무리가 참 아름다웠다. 나에게도 산봉우리 사이의 여백처럼 뻥 뚫린 두 번째 인생을 채워줄 구름 무리가 간절한 하루하루가 이어졌다.

아무에게도 말하고 싶지 않았다. 내가 아직 한국에 있다는 것을. 특히 전 직장 사람들에게는 더더욱 연락할 수가 없었다. 자존심 때문이었다. 외국에서 살아보겠다고 악착같이 돈을 모아 왔다. 안 입고 안 먹어가면서 아등바등 월급의 대부분을 아끼며 살았다. 열심히 해외 취업 설명회를 쫓아다니고 사이트를 뒤져가며 빛나는 미래를 설계했다. 주말마다 쉬지 않고 영어 공부를 했다. 체력도 놓칠 수 없다며 몸이 피곤해도 눈물을 머금고 러닝머신 위에 올랐다. 그날들이 다 부질없이 부서지고 낙동강 오리알 신세가 된 느낌이었다.

몸이 아프게 되니, 사람이 건강하지 않으면 그 어떤 꿈이나 명예도 소용없다는 말이 실감 났다. 그래도 아직 나쁜 쪽으로 단정 짓기엔 이르기에, 부정적인 생각은 멈추기로 했다. 어떻게든 밖으로 나가며 일상을 이어가야 했다. 한 치 앞도 알 수 없다고 하여 아무것도 안 하고 집 안에만 틀어박혀 있을 순 없었다. 마침 집에서 가까운 구청에서 계약직 직원을 뽑기에 얼른 지원서를 냈다. 다행히 지원서는 통과되었고, 삼 개월 후부터 바로 일을 할 수 있게 되었다.

◇ ◇ ◇

일을 시작한 지 한 달쯤 된 어느 날, 담당 공무원이 나를 불렀다.

"4대 보험 가입 때문에 불렀어요. 국민연금 가입자가 아니기에 이상해서 확인해봤어요. 공무원연금 대상자였던데 설마 공무원이었어요?"

"아, 지원할 때 이력서에 적었는데 혹시 못 보셨어요?"

담당자는 오십 대 초반의 여자 분이었다. 내가 그렇게

말하자 그분은 안 그래도 큰 눈을 더 크게 뜨시며 손사래를 치셨다.

"에이, 당연히 보조 계약직으로 근무한 줄 알았지. 보조 치고는 젊은 애가 꽤 오랫동안 한 곳에서 일했기에 성실해 보여서 채용했어요. 공무원이었을 거라고는 생각도 못 했지."

그리고 여지없이 우려하던 질문을 던지셨다.

"공무원 관두고 대체 여기서 뭐 해요?"

이때는 몰랐다. 앞으로 살면서 이 질문을 수도 없이 듣게 되리라는 것을.

"아 저, 미국…… 가려고요."

"유학이요?"

"뭐, 그냥, 비슷한 거요."

말을 아꼈다. 그러다 보니 말끝이 애매하게 흐려졌다.

"우와 대단하다. 공무원 관두고 새로운 도전을. 큰 인물 되시겠어요."

마음속으로 오만 가지 생각이 들었다.

'큰 인물까지는 안 돼도 좋으니, 앞으로 내 인생이 어떻게 될지나 알 수 있으면 좋겠어요.'

사람은 참 간사하다. 안정된 직장에 다닐 때는 정해져 있는 앞길을 그렇게도 답답해하더니, 관두고 나서는 내 마음대로 풀리지 않으니 앞길이 막막하다며 한숨만 내쉬고 있지 않은가. 담당자에게 내 이야기를 전해 들은 다른 직원 분들의 반응도 보통 두 가지로 갈렸다. 한쪽은 "멋지다, 대단하다" 그리고 다른 한쪽은 "요즘같이 어려운 때에 나와도 딱히 할 거 없을 텐데, 고생길이 훤하네요" 정도였다. 퇴직을 앞둔 나이가 지긋하신 직원 분은 이렇게 말씀하셨다.

"공무원 별거 없어. 어차피 너희 때는 공무원연금 액수도 줄어서 이제 거의 국민연금 수준이야. 사람은 더 넓은 물에서 놀아야지. 잘했어."

여러 말들을 들을수록 마음만 더 심란해졌다. 이 힘든 상황 속에서 내가 할 수 있는 일은 아무것도 없어 보였다. 그러던 어느 날. 눈이 일찍 떠진 탓에 삼십 분 일찍 출근했는데 바로 아래층에 도서관이 있다는 사실을 알게 되었다. 신기하게도 내 주변엔 늘 도서관이 있었다. 어릴 때부터 우리 집은 이사를 자주 했는데, 그럴 때면 항상 걸어서 십 분도 채 안 되는 거리에 시립 도서관이 있었다. 나는 책 좋아하시는 아버지를 따라 주말이면 자주 시원한 아동도서관에 가서 놀곤 했다. 그 시절의 향수 때문이었을까. 그날부터 아침마다 한 시간씩 일찍 나와서 청 내 도서관에 가 책을 꺼내 보았다. 못다 읽은 책들은 빌려와, 잠 못 이루는 불안한 나의 밤을 채우는

데 활용했다. 책 속에 길이 있다는 그 흔해빠진 말이라도 믿고 싶었다. 뭐든 붙들고 싶었다. 그러던 어느 날. 나에게 기회가 왔다.

하늘은 나를 버리지 않았다, 인생 제2막 시작

낮에는 구청에서 일을 하고, 밤에는 힘든 마음을 책으로 달래던 나날들. 이제 어떻게 살아야 하나, 이따금 찾아오는 막막함이 또 나를 덮쳤다.

'몸이 괜찮아져서 외국에 나갈 수 있을 때까지 마냥 기다려야 하는 것일까. 그것보다 애초에 내가 외국에 나가서 일하고 싶은 이유는 무엇이었나? 내가 정녕 쓸데없는 행동을 했나?'

내가 좋은 직장을 박차고 나온 벌을 받는 건가 싶기도 했다.

'평범하게 사는 것이 제일 어려운 일이라던데 나는 나답게 살겠다며 괜한 객기를 부렸던 것은 아닐까? 정말 내가 세상 물정을 잘 몰랐던 것일까?'

수많은 물음표들이 어둠을 벗 삼아 나를 찾아왔다.

그럴 때는 대개 '도대체 다른 사람들은 어떻게 살고 있는 거야?' 하고 타인의 삶이 궁금해진다. 인터넷 검색창에 타이핑을 시작했다. 그날 처보았던 검색어는 '평범하게 사는 법'이었다. 요새는 평범하게 사는 게 제일 힘들다던데. 대체 평범하게 산다는 것은 과연 무엇일까. 그 정의와 기준에 대해서 알고 싶었다. 직장 꼬박꼬박 잘 다니고 결혼하고 아이 낳고 그렇게 오순도순 사는 것이 정녕 최고의 삶일까. 나는 왜 자꾸 청개구리 같은 행동을 하려는 걸까. 왜 나에게는 사회가 말하는 좋은 삶이 맞지 않는 건지 너무 답답했다.

그러다가 우연히 "평범한 것은 죄악이다"라는 제목의 글을 만나게 되었다. 『멘탈 트레이닝 Plus+』라는 책의 저자인 김시현 작가님이 개인 블로그에 쓰신 글이었다.

"멘탈 트레이닝? 이게 뭐지? 심리상담 같은 건가?"

참 아이러니하게도, 평범한 삶이 궁금해서 '평범한 사람들'이라는 키워드를 쳤다가 평범하지 않은 삶을 사는 누군가를 만나게 된 것이다. 지루하게 마우스 휠을 굴리고 있던 손가락이 멈칫했다. 눈이 번쩍 뜨였다.

페이지를 넘겨가며 새벽 내내 블로그에 있는 글을 다 읽었다. 몇 줄 안 되는 짧은 문장들 속에서 마음을 울리는 무언가가 나를 사로잡았다. 꼭 이분을 직접 만나러 가야겠다는 강한 확신이 들었다.

대학생 때부터 여러 분야의 전문가들이나 작가, 강사들의 강연을 많이 쫓아다녔는데, 그럴 때마다 늘 '도전'이나 '꿈' '위로' '희망'이라는 비슷한 키워드들이 주를 이루어서 (죄송스럽게도) 내용을 예상할 정도로 지루하게 느껴질 때가 많았다. 자기계발서류의 책을 워낙 많이 읽은 탓에, 이제 그 내용을 내 삶에 그대로 적용해봤자 나도 그와 같은 성공을 이룰 수는 없다는 것을 어렴풋이 짐작하고 있는 상태였다. 대개 누군가가 성공한 방법은 '그 사람이었기에' 가능했던 것이 아닌가. 환경과 운, 사고방식 등은 모두가 완전히 똑같을 수 없다. 그들의 노력은 결코 책의 단 몇 줄로는 설명할 수 없는 여정이었음을 모르고 너무 가볍게 덤빈 적도 있었다. 이따금 당장 따라 하면 무엇이든지 이룰 수 있을 것처럼 화려하게 적어놓은 방법론들에 회의감이 든 적도 많다. 좋은 책, 혹은 좋은 사람을 보는 눈이 부족했던 나는 그래서 아예 극단적으로, 자기계발서 자체를 멀리하던 때도 있었다.

그런데 그분은 도리어 피눈물이 철철 날 정도로 각자에게 주어진 고통을 감내하라고 이야기하고 있었다. 한 분야의 전문가가 되기 위해서는 최소 십 년의 내공이 필요하다며, '성공에 대한 욕심으로 인한 조급증'을 냉철하게 비판했다. 무조건 성공한 타인을 따라 하는 것이 아니라, 각자의 개성과 본질에 집중하는 삶이 중요하다고 했다.

동시에 책을 읽을 때도 속독 등 빠르게 효과를 얻을 수 있는 방법을 찾는 것이 아니라 기본자세와 마음가짐부터 바로 하라고 강조했다. 요즘 같은 시대에 율곡 이이의 『격몽요결』이나 『명심보감』 등을 추천하며, '부자 되는 법'이나 '빠르게 원하는 일을 성취하는 노하우'를 말하지 않는다는 것도 좋았다. 아니나 다를까, 독서 방법 중 가장 힘들고 미련해 보이는 필사를 강조하는 것이 아닌가.

마침 딱 일주일 후에 정기 강연이 있다는 공지가 적혀 있었다. 그렇게 처음으로 가까이에서 작가님과 직접 대면했다. 내가 늘 힘들어하며 고민하던 그 길을 먼저 걸은 사람을 발견했을 때의 설렘과 안도감, 창조를 직업으로 삼는 사람의 강렬한 눈빛과 자신감에 대한 동경. 강연을 하고 있는 그분을 본 순간, 저것이 바로 스스로에 대해 명확히 알고 자신이 해야 할 일을 하는 사람의 눈빛이구나, 라는 확신이 들었다. 자기 직업을 사랑하지 못하고 계속 내가 패배자라고만 느꼈던 나의 눈빛과 비교가 되었다. 이런 사람들을 직접 많이 만나야겠다. 주변에 어떤 사람들이 있는가가 삶에서 굉장히 중요하겠구나, 라는 자각이 생겼다.

그 후 매일 독서를 이어가며, 어려움을 극복하고 자신만의 길을 걸었던 인물들의 패턴을 분석했다. 지금은 천재라 불리지만 한때는 숱한 역경을 마주해야만 했던 그들의 삶을 온몸에 새겼다.

'그래. 내가 겪은 이 자발적 위기는 결코 특수한 것이 아니다. 많은 이들이 살면서 마주할 수 있는 흔한 일 중 하나일 뿐이다. 인생에 쉬운 길은 없다. 하지만 인생의 위기를 극복한 산 증인들이 이렇게 그 기록을 남겨놓지 않았는가. 타인의 시선에 굴하지 않고 자신의 길을 꾸준히 개척해나간 사람들이 이렇게 분명히 존재하고 있지 않은가. 주저앉지 말자. 지금 나는 마냥 망하는 길 위에 있는 것이 아니라, 내가 선택하기에 따라 절호의 기회가 될 수도 있는 갈림길에 서 있는지도 모른다. 일단 실력을 기르자.'

인생에서 딱 일 년, 책만 읽으며 살아보고 싶어

미국 뉴욕주에는 세인트존스라는 무시무시한 대학교가 있다. 학생들에게 사 년에 걸쳐 고전 백 권을 읽히는 것으로 화제가 된 바 있는 이곳은 심지어 모든 수업이 토론식으로 이루어진다.『세인트존스의 고전 100권 공부법』은 이 학교를 졸업한 한국인 유학생이 쓴 책으로, 일단 재미를 보장한다. 우리말로 읽어도 쉽게 이해되지 않는 세계의 고전들을 외국어로 읽고, 외국인들과 토론까지 하면서 얼마나 많은 우여곡절이 있었을까. 책 속에는 학교를 졸업하기까지 울고 웃었던 수많은 에피소드들이 생생하게 녹아 있었다.

'얼마나 많은 지식을 얻었을까. 고전을 그렇게 깊이 공부했으니 말이야.'

그렇게 부러움과 질투가 반씩 섞인 눈초리로 책장을 넘기던 나의 눈에 확 들어온 구절이 있었다. 저자가 사 년 동안 배운 것은 새로운 정보와 지식이 아니라 바로 '자기 자신'이라는 내용이었다.

저자는 처음엔 커리큘럼을 잘 따라가지 못하고 헤매기만 하는 자신을 보며 '난 왜 함께 공부하는 다른 친구들처럼 잘 해내지 못하지?' 하고 절망했다고 한다. 그러나 처음의 좌절은 시간이 지남에 따라 점차 깨달음으로 바뀌어 갔다. "나는 원래 이런 사람이니까"라며 있는 그대로의 자신을 수용하는 방법을 배웠다고 했다. 나의 속도가 타인의 속도와 다를 수 있음을 인지하고, 겸손하게 배움을 추구하는 저자의 모습이 인상적이었다. 외국인 학생들과 자신을 비교하기를 멈추고 '그렇다면 나는 이 자리에서, 나답게 무엇을 어떻게 배울 수 있을까?'를 스스로에게 질문하는 모습이 마음에 남았다.

학생들이 당당히 자신의 한계와 마주하도록 돕고 그들의 실패를 기꺼이 허용해주는 곳. 한계를 딛고 도약할 수 있는 내면의 가능성을 스스로 발견하게 해주는 곳. 그리하여 학생이 학교와 스승을 벗어나면 아무것도 할 수 없는 바보가 되는 게 아니라, 혼자 힘으로도 세상과 자신을 연결할 수 있도록 돕는 곳. 학교 수업에 갇히지 않고 세상에 나가 나를 바르게 표현할 수 있는 힘을 기르도록 돕는 곳. 내가 책을 통해 간접적으로 체험한 세인트존스 대학은 그런 학교였다. 나에게도 예전부터 그런 배움에 대한 갈망이 있었다. 내가 외국에 나가 다양한 세상을 접하고 싶었던 이유도 바로 이런 갈망 때문이었다는 걸 이 책을 통해 알았다. 마냥 세상의 가치관을 주입받기만 하는 것이 아니라, 어떻게 살아갈 것인지 삶의 방향을 주체적으로 정립할 수 있는 배움의 장이 필요했다. 나는 내 안에 숨겨진 욕구가 무엇인지 명확히 인지하지 못한 채, 일단 외국에만 나가면 모든 고민들이 해결될 수 있을 것이라 착각했다.

◇ ◇ ◇

우리는 분명 '교육'과 '공부'란 단어에 지긋지긋할 정도로 익숙한 세대이다. 우리는 어릴 때부터 지독히도 많은 것들을 배운다. 하지만 과연 우리가 학교에서 배운 것들 중, 실제 삶에 적용하고 있는 부분은 얼마나 될까. 우리는 지식을 배우기 위해 오랜 시간과 많은 비용을 쏟아부었지만, 이를 자본주의 시대의 핵심 가치인 돈으로 변환시키는 방법은 잘 모른다. 시험을 잘 보면 훌륭한 사람이 된다는 정도로 인식하고 있다. 그래서 너무나도 막연한 공부를 그저 계속할 뿐이다. 그러다 보면 어느새 공부는 우리에게 '힘든 것' '어려운 것' '극복해야 하는 무언가'로 인식된다.

　나는 초등학교 때 내가 무엇을 배우고 있다고 생각하지

않았다. 배움의 기쁨이 무엇인지도 알지 못했다. 그냥 시험을 잘 보는 게 목표였다. 시험을 잘 보면 부모님도 선생님도 기뻐했으니 그들의 웃는 얼굴이 좋았다. 사랑받는 내가 좋았다. 왜 배워야 하는지는 잘 몰랐다. 그냥 배워두면 나의 미래를 위해 좋다고 했다. 우리에게 대학은 고등학교까지 인내와 고통으로 거쳐온 수험 생활을 평가받는 장이자 취업을 위한 새로운 훈련소처럼 느껴지기도 한다. 요즘은 취직이 되지 않아서, 혹은 뭘 해야 할지 아직 못 정해서 많은 돈을 들여 외국으로 유학을 가거나 대학원이라도 가겠다는 친구들도 많다. 하지만 냉정하게 말해 이제는 MBA 학위마저 흔해져버린 시대가 되었다. 세상이 바뀌고 있다.

우리는 과연 무엇을 위해 이렇게 배움에 매달리는 것일까? 물론 학창 시절의 배움이 모두 무가치하다는 말은 아니다. 하지만 무엇인가를 얻기 위해서는 분명 포기해야 하는 기회비용이 있음을 기억해야 한다. 시험을 위한 지식을 얻는 데 매달려 있는 동안 우리가 잃어버린 것들은 무엇이었을까. 내가 책을 읽고 전문가들의 강연에 참여하며 배움을 구한 이유는 진정한 자유인이 되기 위해서다. 자유를 위해서는 반드시 정신적인 자립이 필요하다. 지식을 얻으면 얻을수록 많은 사람들이 같은 답을 추구하게 되는 게 이상하지 않은가? 내가 어떤 사람인지 알지 못하고 표현하지 못하는 채로 자꾸 주변의 시선에 움츠러들어만 간다면? 그렇다면 우리의 배움은 누구를 위한 것인가. 살면서 우리가 진짜 자신이 원하는 공부를 선택해서 한 적이 얼마나 될까.

십이 년 동안 그렇게 살았으니 적어도 인생에서 일 년 정도는 내가 원하는 배움에 집중하며 살아도 좋겠다고 판단했다. 나 자신에게 쉼이라 일컬을 만한 자유를 주고 싶었다. 어차피 몸이 아파 당장 외국에 나가지 못할 바엔 내 처지를 한탄하며 살기보다는 '지금 할 수 있는 것'에 집중하는 게 낫지 않은가. 어차피 인생은 내가 예측할 수 없는 새로운 일투성이니까. 그때마다 주저앉아 우는 걸 택하고 싶지는 않았다.

진정한 투자, 배움의 길로 들어서다

이후 한동안 일을 하는 시간을 제외하고는 오로지 독서와 필사에 깊이 빠져들었다. 쉬는 날도 모두 반납하고 도서관에서 보냈다. 아침에는 한 시간 일찍 가서 책을 읽었고, 점심시간에는 밥을 먹고 주어진 휴식 시간을 쪼개 필사를 했다. 퇴근 후에도 저녁을 먹기가 무섭게 도서관으로 직행했다. 이후 직장을 옮긴 후에도 그 패턴만큼은 잃어버리지 않도록 애썼다. 그렇게 하면 적어도 하루에 한 권 이상의 책을 읽고 기록을 남겨둘 수 있었다. 한 달에 한 권 정도 고전을 필사했다. 플라톤과 니체 등의 서양 철학자들을 비롯하여 맹자, 명심보감 등의 동양 고전까지. 매일 조금씩 분량을 정해 이어나갔다. 토요일이 되면 서울에서 열리는 강연들을 듣기 위해 왕복 사백 킬로미터가 넘는 거리를 버스를 타고 여섯 시간씩 달려가곤 했다.

그런 생활을 한 지 이 년이 넘어갈 무렵에는 허리가 부서질 것만 같았다. 버스 비용만으로도 만만치 않은 부담이 되었기 때문에, 점심은 늘 천 원짜리 김밥으로 대충 때우기 일쑤였다. 강연 시간에 늦지 않기 위해, 화려한 청춘들로 수놓은 강남 거리 한복판을 책이 가득 담긴 두꺼운 백팩을 메고 헐레벌떡 뛰어다니는 것이 일상이었다.

그래도 행복했다. 배움이 이렇게 즐거운지 미처 몰랐다. 지방에 산다는 공간적 제약, 돈 없고 빽 없는 이십 대 청년이라는 경제적 제약은 내게 장애물이 되지 못했다. 배우고, 나 자신에게 질문하고, 스스로 생각한 내용을 적은 노트들이 어느덧 나의 책장을 빼곡하게 메워갔다. 떠밀리듯 하는 자격증 공부나 취업을 위해 스펙을 쌓는 공부가 아니었다. 반드시 하나의 정답을 찾아내야 하는 객관식 공부도 아니었다. 내가 하는 생각과 내가 느낀 것들이 모두 나만의 해답이었다. 내가 원해서 배우고, 배운 것들을 토대로 그것을 내 삶에 어떻게 적용할지 질문하고 고민하는 일은 퍽 즐거웠다. '왜 배워야 하는지' '왜 배움이 즐거운지' 스스로 느낀 뒤였기에 뒤늦게 깨달은 배움에 대한 열정은 그 누구도 멈출 수 없었다.

◇ ◇ ◇

골프 천재 타이거 우즈를 생각할 때, 우리는 흔히들 그가 어릴 때부터 골프에만 전념하였을 거라 생각한다. 하지만 그의 부모는 타이거 우즈가 어릴 때부터 그에게 배움을 강조했다. 배움을 통해 쌓은 인간 내면의 내공은, 그 누구도 빼앗아갈 수 없다는 걸 알고 있었기 때문이리라. 이미 고3 때부터 골프 천재로 이름을 날렸던 타이거 우즈는 공부 벌레로도 유명했다. 그는 스탠포드 대학 경제학과에 진학했다. 타이거 우즈의 전처 엘린도 자신의 졸업 연설에서 이런 말을 남겼다. "배움은 그 누구도 빼앗아 갈 수 없는 것이다."

어떤 위기가 닥쳐 처한 환경이 바뀐다 해도 사람의 지혜는 이를 능히 이겨낼 수 있는 돌파력이 된다. 그런 점에서 그전까지는 그저 취미로 책을 읽어왔다면, 이후로는 제대로 지적 자본을 쌓고 싶었다. 그저 '책을 많이 읽는 사람'이 아니라, 배우고 체득한 지식을 다른 사람들과 나누는 플랫폼의 역할을 하는 사람이 되고 싶었다. 아직은 너무나 부족한 실력과 경험을 가졌을 뿐이지만, 꾸준히 습관을 쌓아나가면 결국 그것이 나의 미래를 풍성하게 해줄 것임을 믿었다.

이때 내가 책을 읽는 데 가장 중점을 둔 부분은 바로 모든 분야의 책을 골고루 읽으며 균형 잡힌 독서를 하는 것이었다. 빌 게이츠, 일론 머스크 등 위대한 생각을 하고 이를 실행으로 이뤄낸 많은 이들은, 분야를 가리지 않는 잡식성 독서를 했다. 특히 편중되지 않은 지식의 보고인 백과사전을 어릴 때부터 가까이했다. 이를 본받아 먼저 내게 익숙하고 쉽게 손이 가는 분야의 책만 읽던 습관부터 고쳐보기로 했다.

처음에는 당연히 쉽지 않았다. 시행착오도 많았다. 사회과학과 자연과학을 비롯해 역사, 예술, 철학 등 모든 분야에서 균형 잡힌 독서를 시도해나갔다. 엑셀 표를 활용하여 매월 읽은 책들을 도서관 십진분류표대로 작성하며 체계를 잡아갔다. 그리고 이를 매달 독서 커뮤니티 게시판에 올리고 온라인상에서 사람들과 피드백을 나눴다. 이는 단순히 내가 한 달에 어떤 분야의 책을 몇 권이나 읽었느냐를 꼽으며 나를 평가받기 위함이 아니었다. 처음부터 안 읽어본 분야의 책까지 완벽하게 고루 읽을 수는 없다. 그렇기에 먼저 읽은 책의 종류와 권수를 숫자로 변환하여 한눈에 들어오도록 했다. 눈으로 봐야 행동으로도 이어질 수 있기 때문이다. 그렇게 시행착오를 거듭하며 나는 나의 독서 습관을 잡아갔다.

그와 동시에 반드시 읽은 책들에 대한 기록을 남겼다. 책 내용에 대한 나의 생각을 녹여내어 기록해두면 두 가지 좋은 점이 있다. 하나, 나 자신이 어떤 사람인지, 내가 세상에서 어떤 역할을 하고 싶은 건지 더 뚜렷하게 알아갈 수 있다. 둘, 매일 독서일지를 쓰고 공유하는 습관을 기르면 사람들에게 좋은 에너지를 나눌 수 있고, 내가 닮고 싶은 사람들을 곁으로 끌어올 수 있다. 좋은 습관을 만들어가는 데 있어서, 주변에 비슷한 목표를 가진 사람들이 있다는 건 축복이다. 하지만 그런 환경을 마냥 기다리는 것보다 직접 찾아 나서는 쪽이 축복을 받을 확률이 더 높다고 생각한다.

◇ ◇ ◇

이전의 독서 생활을 돌아보면, 책은 내게 그저 취미나 자기 위안거리에 불과했다. 소설이나 심리학, 자기계발 등 내가 좋아하는 분야의 책만 읽으며 그 속에서 위로받는 것을 전부로 여기는 경향이 짙었다. 그게 아니면 사람들이 많이 읽는 베스트셀러라면 나도 한 번쯤은 읽어야 하지 않겠나, 라는 욕심으로 책을 읽었다. 책 속에 길이 있다는 말은 자주 들었지만, 한가하게 책이나 읽고 있을 시간이 없다고 믿었다. 책 읽으면 좋다는 걸 누가 모르나, 하지만 자격증 공부처럼 실질적으로 다가오는 이익이 있는 것도 아니니 먹고사는 일에 치여 우선순위에서는 늘 밀렸다. 그런 내가 하루의 1순위에 독서를 놓고 '생존형 독서'를 시작했다. 빠르게 변하는 시대가 우리에게 제기하는 생존의 위협에 비하면, 하루에 책 한 권 읽는 것은 그리 어려운 일이 아니었다. 역사, 트렌드, 미래학까지 비록 어렵고 나를 불편하게 하는 책일지라도 일단 손을 뻗었다. 그렇게 기존에 '나는 할 수 없는 것'으로 규정해왔던 한계를 하나씩 깨나가기 시작했다.

뇌뿐만 아니라 영혼이 감당하지 못할 만큼, 많은 지식들이 내 안에 차곡차곡 쌓여갔다. 그리고 그 살아 있는 지식들은 다양한 경험과 생각 들과 부딪치며 새로운 아이디어를 낳았다. 나는 책을 읽고 하나의 주제에 대해 탐구할 때, 그 분야의 책을 쓰겠다는 각오로 공부하기도 한다. 그런 마음으로 공부하는 이유는, 그 주제에 대해 더 깊이 공부할 수 있기 때문이다. 배우고 고민한 내용을 남들과 나누겠다는 마음으로 정보를 받아들이면 엄청난 공부가 된다. 이렇게 배운 내용은 반드시 온라인상에서 나누었다. 그러면서 다른 사람들의 생각도 알 수 있었고, 간혹 내가 알고 있던 지식에서 오류를 바로잡게 되는 때도 있었다. 그리고 이는 또다시 새로운 생각으로 확장되기도 한다. 이러한 경험은 후에 팟캐스트를 진행할 때 고스란히 활용되었고, 유튜브 채널을 운영하는 데도 큰 도움이 되었다. 나는 생존 독서를 하며, 배운 내용을 다른 사람에게 전할수록 나 역시 더 성장하게 된다는 걸 배웠다.

사람들에게 노년이 되어 가장 후회되는 것들을 물었을 때 빠지지 않고 나오는 대답 중 하나는 배움에 대한 갈망이

라 한다. 가끔 힘들 땐 마음속에 명심보감의 한 구절을 새기
곤 한다.

'오늘 배우지 않고서 내일이 있다고 말하지 말라. 올해 배
우지 않고서 내년이 있다고 말하지 말라. 해와 달은 지나
가고 세월은 나를 위해 늦추지 않으니 아아 늙었구나! 누
구의 허물인가!'

◇ ◇ ◇

나는 올해로 스무 권이 넘는 책을 전체 필사했다. 팔백 권이
넘는 책을 읽고 온라인상에 리뷰를 남겼다. 하지만 한순간도
억지로 한 적은 없다. 시험을 잘 보기 위해, 혹은 성공적인 결
과를 내기 위해 이어온 것도 아니다. 단지 매일 조금씩 정해
진 분량만큼 행복하게 해왔을 뿐이다. 나는 오늘도 책을 붙
들고 놓지 않는 삶 속에서 인내를 기른다. 꾸준히 목표를 향
해 걷는 법을 온몸으로 뛰어들어 배운다. 당장에 결과가 나오
지 않아도 조급해하지 않고, 오늘을 발판 삼아 내일로 걸어
나가는 힘. 독서는 지식 그 이상의 빛을 나에게 비춰주고 있
는 셈이다. 책은 나의 무기요 나의 벗이요, 나의 비타민이다.

처음으로 마주한 희뿌연 세상, 눈이 보이지 않게 되었어요 스무 살 때부터 늘 나를 괴롭혀온 질문이 하나 있다.

"내가 이 세상에 존재하는 것은 우연일까, 필연일까?"

일상을 살다가도 불현듯 나의 뒤통수를 가격하는 이 질문은 지나치다 싶을 만큼 강하게 내 몸과 마음을 장악해버리기도 한다. 이를 피하기 위해 스스로 깊은 구덩이를 파고 그 안에 또 드릴로 동굴을 뚫고 들어가봤자 나만 손해다. 숨어버리는 것만이 능사가 아닐뿐더러, 숨는다고 사라지는 질문도 아닌 까닭이다. 그래서 어느 순간부터는 내 일상을 바쁘게 몰아쳐서, 이 질문 자체를 아예 온몸으로 지워버리고 살아보려 하기도 했다. 하지만 내가 그 질문을 내 인생에서 지워버리려 할수록 나에게는 공허감만 짙어질 뿐이었다.

◇ ◇ ◇

삶과 죽음에 대해 오랫동안 고민해온 탓일까. 직접 생과 사를 다투는 현장에 투신하고자 의사가 되는 사람들이 참으로 존경스러웠다. 그들 중에는 그것이 자신의 '소명'이었노라고 말하는 사람들도 있다. 서른여섯이라는 젊은 나이에 암에 걸린 어느 의사가 남긴 마지막 생의 기록을 엮은 『숨결이 바람 될 때』라는 책을 기억한다. 저자 폴 칼라니티는 혹독한 레지던트 생활의 끝이 보이고 이제 전도유망한 전문의로서의 삶을 앞두고 있던 그해, 폐암 말기 판정을 받는다. 그러나 그런 와중에도 의사로서 환자들을 치료하는 일을 멈추지 않는다. 그 생의 마지막 이 년이 담백한 어투와 강인한 필력으로 책 속에 고스란히 녹아 있다. 죽음을 앞둔 저자가 너무나도 담담하게 이야기를 풀어가다 보니, 오히려 그것 때문에 읽으면서 울컥해지는 순간도 여러 번 있었다.

우리나라에서도 오 년 전쯤에 비슷한 의사를 만난 적이 있다. 물론 책에서. 바로 『그 청년 바보의사』라는 책의 주인공인 고故 안수현 의사이다. 그는 서른셋의 나이로 뜻하지 않은 죽음을 맞기 전까지, 최선을 다해 환자들을 돌본다. 그것이 신이 주신 자신의 소명이라 믿은 까닭이다. 그 두 사람의 삶을 들여다보며 나 자신을 따라다니는 질문이 한 가지 추가되었다.

"나에게도 과연 소명이 있을까? 소명은 과연 어떤 방식으로 사람을 찾아오는 것일까?"

◇ ◇ ◇

처음 '1일 1책'이라는 원칙을 지키기 위해 고군분투하기 시작한 후, 네 번의 계절이 흘러 다시 여름이 돌아왔다. 그날까지도 나는 매 순간 가슴이 떨리는 독서를 이어오고 있었다. 비록 매일 아침 한 시간 일찍 출근해서 책을 읽던 열정이나 저녁마다 공무원 수험생들 사이에 틀어박혀 도서관 자리를 지키던 엄청난 의지는 한풀 수그러들었지만, 꾸준히 필사와 독서를 이어오고 있었다. 읽었던 책들의 주옥같은 글귀들을 모아 정성껏 필사노트에 옮기다 보니, 노트는 어느덧 열 권 이상 쌓였다. 이십 대에 적었던 일기장과 메모 노트까지 합쳐보니 서른 권이 넘었다. 온라인상에도 책을 읽고 느낀 점을 기록해나간 매일 일지가 남아 있었는데, 그 모든 것이 나의 지적 재산이자 이십 대의 기록이 되어주리라는 생각에 행복했다. 기록이 쌓일수록 얼굴도 더욱 밝아졌다. 저자들이 전해주는 밝고 긍정적인 기운이 내게 흘러들어온 것이 아닐까. 심지어 주변 사람들은 '너는 뭐가 그렇게 즐거워서 매일 싱글벙글 웃고 있느냐'고 자주 묻곤 했는데, 처음에는 책이 주는 에너지가 그 정도로 강력한지 몰랐기에 그저 어깨를 으쓱해 보일 뿐이었다.

그러던 어느 날, 또 다른 시련이 닥쳐왔다. 이번에는 앞이 보이지 않았다. 그 전날 밤 책을 읽다가 평소처럼 제시간에 잠이 들었는데, 아침에 일어나 보니 눈앞이 하얬다. 온 세상이 뿌옇게 보였다.

'갑자기 뭐지? 이번엔 또 왜 이러는 거야!'

정말 미칠 노릇이었다. 평소 겁이 많은 성격 탓에 온갖 부정적인 생각이 올라오기 시작했다. 처음으로 만나는 뿌연 세상 앞에서 내가 가장 크게 했던 걱정은 "이제는 책을 읽을 수 없는 것인가"였다. 너무 우습게도, 그만큼 그때의 나는 책에 미쳐 있었다.

첫날은 조금 지나면 괜찮아질 것이라 여기고 평정심을 찾고자 침대 위에 가만히 누워 눈을 감고 기다렸다. 하지만 시간이 지나 다시 눈을 떠봐도, 시야를 가로막는 하얀 안개는 사라질 생각을 하지 않았다. 당장 병원에 가야 했다.

유방의 혹이 빠르게 커지고 있다는 정기 검사 결과를 들었을 때도 아랑곳하지 않던 나였다. 좌절이 길어질 수도 있었지만, 곁에서 사랑으로 함께하는 소중한 사람들이 있었기에 마음을 추슬렀다. 책의 저자들과 정신적 교류를 시작하면서는 오히려 지금의 위기가 기회라고 여겼다. 힘이 들 때는 아품을 딛고 일어선 위인들의 책을 필사하며 그들에게 내 마음을 쏟았다. 그러다 보니 나 자신에 대한 희망과 자신감이 다시 커지고 있던 참이었다. 겉으로는 초라할지 몰라도, 내면은 그 어느 때보다 풍성하게 차오르고 있음을 믿으며 살고 있었으니까. 그런 나에게 가장 중요한 신체 부위인 눈이 말썽이라니. 이제 나는 어떻게 살면 좋단 말인가.

◇ ◇ ◇

사람들은 자신이 겪은 일들에서 특별한 의미를 찾는 것을 좋아한다. 자신에게 일어난 이해할 수 없는 고난에는 반드시 이유가 있을 것이라고 생각한다. 때로는 그것이 그 상황을 극복하는 데 큰 힘이 되어주기도 한다. 하지만 때로는 의미를 찾지 못했어도 그저 그 상태로 앞으로 나아가야 할 때가 있다. 일단 살아내면서 몸으로 부딪쳐가며 버텨야 한다는 것이다. 무엇을 해야 할지 몰라도 그저 걸을 수밖에 없는 것이다. 때로는 먼저 세상을 살다 간 역사 속 인물들에게서 교훈을 얻기도 하지만, 그럼에도 불구하고 백 퍼센트 똑같은 인생이란 있을 수가 없다.

　만약 신이 미리 인생의 앞날을 환하게 보여준다면, 인간은 고마워할까? 아니 결코 그러지 않을 것 같다. 만약 내가 나의 운명을 미리 알고 있었다면 무모한 퇴사 같은 건 감행하지 않았을까? 글쎄, 아마 그랬을지도 모르겠지만, 퇴사할 당시에는 서태지의 노래처럼 '우린 아직 젊기에' 나에게는 젊음이라는 무기가 있다고 확신했다. 가진 것 없고 미래에 보장된 것도 없을지라도, 나에게는 건강한 몸과 마음이 있기에 그것이면 충분하다고 생각했다. 그러나 나에게는 그것마저도 허락되지 않았던 것일까? 거친 인생, 겁 없이 헤쳐나가보겠노라고 덤벼든 나에게, 내가 사랑하는 단 하나의 일을 찾아 그 길을 충실히 걷겠노라 선언한 나에게, 세상은 결코 호락호락하지 않았다.

나를 불태우지 않으면 아무것도 얻을 수 없다

"내 인생 진짜 대박이다, 이번엔 눈이라니. 해도 해도 너무하
잖아."

급한 마음에 찾아간 동네 병원에서는 원인 파악이 어렵
다는 말만 되풀이했고, 정확한 진단을 위해 서울에 있는 대
형 병원까지 가서 정밀 검사를 받아야 했다. 초조하게 검사
결과를 기다리는데, 의사 선생님이 뜻밖의 말씀을 하셨다.

"눈 안에 오랫동안 상처가 있었네요."

그 사실을 모르고 눈을 혹사했기에 이렇게 된 것이라
는 말씀도 덧붙이셨다. 순간 이십 대 초반에 한창 라식 수술
이 막 나왔을 무렵, 대폭 할인을 해준다는 말에 잘 알아보지
도 않고 별 생각 없이 했던 라식 수술이 떠올랐다. 이 모든 것
은 젊음을 권력으로 여기고 휘두르며 나를 돌보지 않은 대가
였다.

"전혀 모르고 있었어요?"

"네. 영화관에 가면 종종 눈이 따가워서 영화를 보기 어려웠는데, 안 가면 그만이니까 크게 신경 안 썼어요."

실제로 영화관에 잘 가지 않는다. 아니, 못 간다. 당시에는 어두운 데서 밝은 화면을 보면 삼십 분도 안 돼서 눈이 따갑고 눈물이 질질 흘렀기 때문이다. 바늘로 두 눈을 콕콕 쑤시는 것처럼 따가워 견딜 수 없어 중간에 나온 적도 있다. 그럼에도 대수롭지 않게 넘겼던 이유는 굳이 영화관에 가지 않아도 세상 사는 데에는 별 지장이 없다고 여겼기 때문이다. 의사 선생님은 최대한 눈을 덜 쓰고 매일 약을 달고 사는 수밖에 없다고 말씀하셨다. 그리고 무엇보다 스트레스 관리를 잘해야 한다는 말도 덧붙이셨다(또 그놈의 스트레스 관리라며 툴툴대긴 했지만!).

'평생'이라는 말이 걸렸지만, 아침에 눈을 뜨자 앞이 보이지 않았던 첫날의 강렬한 기억 때문인지 오히려 감사한 마음이 들었다. 적어도 최악의 상황은 아니니까. 하지만 마음은 찢어질 듯 저며왔고 대체 왜 이런 일들이 연달아 터지는지 이해할 수가 없었다. 어쨌든 그 덕분에(?) 당분간은 컴퓨터를 사용하거나 책을 보는 일은 할 수 없게 되었다. 또다시 강제 휴식에 들어간 셈이다.

"난 쉬고 싶지 않아! 나는 지금 할 일이 태산이라고. 나는 아직 젊단 말이야."

눈을 안대로 묶은 채 대바늘로 눈을 찌르는 듯한 통증이 매일 나를 덮쳤다. 특히 책을 읽으려 시선을 한곳에 집중시키거나 전자 기기를 마주하면 더 극심한 고통이 찾아왔다.

◇ ◇ ◇

눈앞이 뿌옇게 흐려진 날은 유시민 작가님의 『청춘의 독서』라는 책을 읽고 얼마 지나지 않았을 때였다. 나는 그 책을 통해 받은 희망적인 메시지를 마음에 품고 있었다.

> "항성이 되세요. 행성이나 위성은 다른 별의 빛을 받아야 자기 존재를 드러낼 수 있어요. 하지만 항성은 스스로 빛을 내지요. 연인이나 친구가 꼭 옆에 있어줘야 한다며 고독을 피하지 말아요. 누군가에게 자꾸 빛을 공급받아야 빛날 수 있다는 말도 그만하고요. 누군가의 칭찬을 들어야만 힘을 내는 건 이제 그만두어요. 그런 걸로 자신의 가능성을 판단하지 말아요. 스스로 빛을 내는 항성이 되세요. 진짜 별이 되는 거예요. 그래서 이제는 당신이 세상을 비춰주세요."

하지만 하루 종일 침대에 누워 있어야 했던 첫날. 내 안의 악마는 시시각각 내 귀에 대고 속삭였다.

"별? 항성? 웃기고 있네. 넌 그냥 낙오자야."

지금까지는 그나마 온전히 내 것이라고 생각했던 젊음과 건강을 내세워 그 목소리를 억누르곤 했지만, 이제 그마저도 처절하게 깨부숴지는 소리가 들리자 다시 주눅이 들었다. 그리고 이렇게 투덜거렸다.

"성공한 사람들은 원래부터 훌륭하고 멋진 사람들이었으니까 성공했겠죠. 하지만 전 아니에요. 제 한계는 제가 가장 잘 알아요. 그러니까, 저는 이제 별이 되는 것 따위는 바라지 않아요. 그냥, 지금의 이 어려움들만 해결되면 좋겠어요. 저는요, 사회가 반기는 사람이 아닌가 봐요. 가끔은 세상에 적응하지 못하는 반 낙오자처럼 느껴져요. 행복한 척 가면 쓰고 사는 것도 지쳤어요. 사는 게 너무 고달프고 힘들어요. 이제는 그만 멈추고 싶어요."

◇　◇　◇

그렇게 시간이 흘러 치료가 어느 정도 끝나고 책을 볼 수 있다는 사실만으로도 감사하며 도서관으로 달려갔던 그날, 우주에 관한 과학 서적들을 읽다가 항성이라는 존재를 다시 한

번 만났다. 항성은 내가 그동안 생각했던 것처럼 하늘의 가장 높은 곳에 고고하게 떠서 다른 별들을 거느리는 존재가 아니었다. 항성이 스스로 빛을 낼 수 있는 것은 자신을 아낌없이 태우기 때문이다. 스스로의 의지로 자신을 태워 다른 별들에게 빛을 내어주기를 선택한 거다. 그렇게 다른 별들도 항성의 빛을 받아 반사되어 인간의 눈에는 모두 아름답게 보인다. '밤하늘의 별'이라는 하나의 무리 아래. 항성이 위대한 이유는, 자신을 가장 많이 내어주는 존재이기 때문이었다.

나를 태울 준비를 하지 않고 항성의 위대함을 마음대로 규정해버렸던 내가 부끄러웠다. 지금까지 사는 게 힘들었던 이유는 스스로를 지키고 어떻게든 내 것을 빼앗기지 않으려고 아등바등 살았기 때문이 아닐까? 내가 가진 얼마 되지도 않는 것들을 지키겠다고, 알량한 자존심을 부려 스스로를 방어하면서 나를 드러내는 것을 두려워했다. 아직은 나누고 베풀 게 없다고 말했지만, 실은 내 것을 잃을까 봐 두려워 무엇을 나눌 수 있는지 진지하게 고민하지 않았던 게 아닌가.

잘 살아보고 싶지만 세상에 치여 자신을 잃을까 봐 끙끙거리던 한 청년에게, 자신을 세상 속에 태워 모든 걸 줘보라고 말한 항성이라는 존재. 나를 태울수록 내가 작아져서, 이러다가 나라는 존재가 소멸해버리지는 않을까 두려울 때도 많다. 하지만 그 빛을 서로 나누며 '함께'라는 이름으로 밤하늘을 수놓는 수백 개의 별들이, 오늘에 이르는 위대한 역사를 이루어오지 않았던가. 모든 이들이 자신답게 자신을 뜨겁게 태우며 살기를 고대하며, 오늘도 지구 어딘가에서 최선을 다해 살고 있을 이름 모를 누군가를 응원하고 싶은 밤이다.

팟캐스트, 웃으며 피를 토하던 여정

프랑스 철학자 에마뉘엘 레비나스는 이런 말을 했다.

"타자는 깨달음의 계기다."

우리는 타인을 보며 자신을 돌아보기도 한다. 닮은 듯 닮지 않은 누군가를 보며 감정을 이입한다. 인간으로 태어난 이상, 다른 인간의 모습을 거울삼아 나를 돌아보고 세상을 벗 삼아 깨달음을 얻는 건 우리의 숙명일지 모르겠다. 팟캐스트를 진행하며 만난 다양한 게스트들을 통해, 함께 울고 웃던 청취자들을 통해 나는 이 말을 깊게 실감했다.

◇　◇　◇

어느 날 〈동반성장 플랫폼 사고혁신연구소〉의 팟캐스트 진행자를 제안받았다. 학창 시절에 방송반 아나운서로 활동했던 나는 공무원 시절에도 청 내에서 점심 방송을 진행했다. 재미있어서 그저 봉사로 한 일이었으니 퇴사하고 나서는 잊고 있었는데, 역시 뭐든 인생에서 버려지는 경험들은 없나 보다. 이제는 그저 추억으로 남을 줄만 알았던 일들인데 이렇게 경험을 살려 활용할 곳이 있었다니. 걱정도 되었지만 해보기로 했다. 평소 멘토 역할을 해주시며 힘들 때마다 적절한 조언을 해주셨던 작가님의 제안이었기에 도움이 되고 싶었던 마음이 컸다. 내가 해야 할 일은 명확했다. '진행자로서 각 회차의 대본을 쓰고 오프닝과 클로징 멘트를 구상한다. 에피소드마다 초대될 게스트를 섭외하고 인터뷰할 질문과 답변을 조율한다. 녹음이 끝나면 편집을 한다. 그리고 매주 1회 정해진 시간에 업로드한다.' 그중 내가 특별히 신경 쓴 부분은 두 가지였다. 하나는 '매주 1회 업로드'라는 청취자들과의 약속을 지키는 일. 그리고 두 번째는 게스트와 청취자 간의 원활한 소통을 돕는 일이다.

◇ ◇ ◇

"방송 잘 듣고 있어요. 목소리가 너무 좋아요. 진행도 정말 잘하시네요."

"목감기 조심하세요. 유익한 방송 감사합니다."

일 년째 팟캐스트를 진행하다 보니 감사하게도, 팬이라 자신을 소개하는 분들이 생겼다. 우리 팟캐스트 방송이 문화 및 예술 부문 3위에 올랐을 때, 내 목소리를 대번에 알아보고 오랜만에 연락을 해준 지인들도 있었다. 온라인 세상은 참 신기하다. 오래전에 연락이 끊겼는데 이렇게 이어지기도 하니까 말이다.

　이제는 지난 일이니 웃으며 말할 수 있지만, 모든 일의 시작이 그렇듯 이 방송의 시작도 순탄하지만은 않았다. 팟캐스트 채널 이름을 짓는 일부터 시작해서 팟캐스트 방송을 준비하고 진행하는 과정까지, 처음이다 보니 난관의 연속이었다. 특히 가장 큰 어려움은 내가 지방에 살고 있다는 점이었다. 강남에 있는 녹음실에 모이기 위해서는 매번 서울로 올라가야 했다. 또한 게스트를 비롯한 여러 사람들이 내 시간에 맞춰 스케줄을 조율해야 한다는 게 늘 죄송했다. 하지만 함께하는 분들에게 배울 점이 너무 많았기에 함께 파이팅을 외치며, 그 강행군을 일 년 넘게 버틸 수 있었다.

　그렇게 좌충우돌하며 시간이 흐르고 어느 정도 채널이 알려지면서, 종종 후원이 들어와 교통비에도 보탤 수 있었고, 장비도 점점 업그레이드되었다. 그렇게 조금씩 채널도 나도 함께 성장해갔다. 디지털 기기에 익숙하지 않아 컴퓨터도 잘 못 다루던 내가, 어느새 오디오 믹싱 프로그램을 능숙하게 다루게 되었다. 처음에는 더듬거리며 기능을 익히느라 몇 주씩 일요일 하루를 꼬박 쏟아도 끝나지 않던 '중노동.' 언젠간 나도 능숙해질 수 있을까 머리를 쥐어짜던 게 얼마 전 일 같은데, 어느새 삼십 분도 안 되어 작업을 끝내게 되는 등 제법 여유를 갖게 되었다. '난 편집 같은 거 할 줄 몰라' 하며 직접 해보지 않았다면 평생 나는 미지의 것에 대해서는 두려움을 갖고 뛰어들길 꺼렸을지 모르겠다. 뭐든 해보면 '별것 아닌 일'이 꽤 '별것'처럼 보이는 일들이 세상에 너무도 많다. 덕분에 후에 유튜브를 운영하기 시작했을 때도 편집에 제법 빠르게 익숙해질 수 있었다.

◇ ◇ ◇

평소 길을 걸어 다닐 때는 전문 기자를 비롯한 방송인들의 인터뷰를 들으며 대화 방식을 분석했다. 매번 바뀌는 게스트에게 좀 더 나은 질문을 던지기 위해서였다. 인터뷰하는 상대방을 생각하며 '어떻게 하면 그 사람이 돋보일까'를 고민하는 일은 늘 나에게만 집중하고 살던 이기심을 버려야 가능하다. 그 과정에서 경청하는 힘도 기르게 되었다. 또한 매주 다르게 소개되는 여러 책들을 소개하려면 일주일간 공부도 열심히 해야 한다. 책을 샅샅이 읽고 작가님과 게스트가 던질 예상 질문들도 꼼꼼하게 생각해보아야 한다.

반년쯤 지나고 어느 정도 진행이 익숙해지자, 주체적으로 새로운 도전을 해보고 싶어졌다. 그래서 집에 마이크를 사놓고 일상 콘텐츠를 제작하기 시작했다. 팟캐스트 게스트로 인연을 맺었던, 액션맘 작가님이 힘을 보태주셨다. 〈나는 엄마다〉라는 유명 팟캐스트를 먼저 시작하여 이미 많은 구독자를 보유하고 계셨기에, 그동안 겪은 시행착오를 통한 노하우들을 아낌없이 풀어주신 것이다. 그렇게 나는 일주일에 총 2회의 업로드를 해야 하는 상황이 되었다.

"언니는 왜 이렇게 사서 고생을 하는 거야." 가끔 퇴근하고 집에 들어와 밤늦게까지 편집에 매달리고 있는 나를 보면, 동생이 다가와 혀를 차기도 했다. 하지만 소통하는 일이 즐거웠기에 힘들 때도 버틸 수 있었다. SNS도 시작했다. 사람들은 SNS를 통해 방송에 대한 소감이나 피드백, 아쉬운 점들을 남겨주었는데 이는 다음 콘텐츠를 위한 귀한 팁이 되어주었다.

◇　◇　◇

유튜브를 시작하면서 팟캐스트는 아쉽게도 막을 내려야 했다. 두 가지 플랫폼에 동시에 콘텐츠를 업로드하기에는 나의 시간적, 체력적 한계가 분명했기 때문이다. 하지만 분명 오디

오에는 그 매체만의 진한 매력이 있다. 이는 영상으로 피부 솜털까지 마주하며 소통하는 유튜브와는 또 다른 맛이다. 그 래서 이따금 이어폰을 꽂고 내가 진행했던 팟캐스트를 다시 들어보곤 한다. 가끔은 손발이 오그라드는 말도 있고 '내가 이런 이야기를 했었나?' 고개를 갸웃거리게 되는 순간도 있 다. 하지만 그러다 보면 함께 울고 웃었던 작가님과 게스트들 과의 추억이 다시금 마음 안에 녹아든다. 최종 화엔 음질도 말투도 나아졌지만, 그럼에도 나는 첫 화를 가장 사랑한다. 비록 잔뜩 긴장했지만 잘해보려는 의지가 충만하게 담긴 목 소리의 떨림이, 완벽하지 않아도 사랑스러운 사람들의 민낯 을 고스란히 담고 있기 때문이다.

공무원 시간외수당과 첫 강의료, 같은 십만 원의 다른 가치 공무원 생활을 하고 있던 2015년, 나에게 십만 원은 일주일 내내 초과근무를 하면 받을 수 있는 돈이었다. 내가 근무할 당시에는 초과근무를 최대로 하면 한 달에 약 사십만 원 정도를 더 벌 수 있었다. 9급 공무원의 월급은 일반 회사원에 비해 상대적으로 적은 편이다. 그래서 매 월말 지자체 전 직원의 초과근무 내역이 공지로 올라올 때마다 칼출근, 칼퇴근을 한 후배에게 "요즘 먹고살 만한가 봐?" 하며 짓궂게 구는 선배들도 간혹 눈에 띄었다.

나는 생존형 초과근무자였다. 평일에 일찍 나오거나 늦게까지 남아 근무하는 것은 물론, 주말에 사무실에 나오는 일도 많았다. 정말 일이 많아서 초과근무를 해야 할 때도 있었지만 매번 그렇지는 않았다. 하지만 돈을 더 벌기 위해서라도 나는 초과근무를 해야만 했기 때문에 근무 시간 동안 충분히 할 수 있는 일을 저녁까지 늦추기도 하고, 굳이 아침 일찍 나와 사무실 근처를 어슬렁거리며 쓰레기를 줍기도 했다. 가끔 명절이나 휴일에 당직 근무가 필요할 땐 자진해서 출근하기도 했다. 그 당시 내 가치는 시간당 금액으로 매겨졌다.

◇ ◇ ◇

공무원을 그만둔 후인 2018년, 다시 십만 원을 손에 쥐게 되었다. 처음 강연 무대에 서고 받은 사례비로서였다. 일주일간 억지로 꾸역꾸역 사무실에서 버티며 받은 돈이 아니라, 처음으로 내가 가치 있다고 생각하는 일을 하며 번 돈이었다. 그렇기 때문에 누군가에게는 턱없이 적은 금액이겠지만 나에겐 백만 원 이상의 값어치가 있었다. 왜냐하면 나에게 그 돈은 앞으로 걸어갈 길에 대한 희망이자 가능성을 보여주는 씨앗이었기 때문이다.

팟캐스트 덕분에 나를 알아봐주시는 분들도 생겼고 함께 출연한 분들과 강연 무대에 서게 되는 기회들도 있었다. 후원도 들어왔지만 주로 그 돈은 다시 배우는 데 투자했기에, 내 생계를 유지하기 위해서는 일을 해야 했다. 그래서 공무원 퇴사 이후 계약직을 거쳐 중소기업에 다니게 되었다. 공무원 시절 당연하게 누릴 수 있었던 복지 혜택은커녕, 초과 근무 수당마저 제대로 받을 수 없는 곳이었다. 점심 식단은 물론, 구비되어 있는 믹스 커피나 간식의 수준도 달랐다. 아니, 밥을 주는 게 어딘가 싶을 정도였으니 이외의 간식은 대부분 사비로 해결해야 했다. 복지카드나 명절 수당 같은 건 생각하지도 않았다지만, 성과급과 보너스까지 무엇 하나 당연하게 받을 수 있는 건 없었다.

하지만 상관없었다. 애초에 그런 걸 바란 게 아니었으니까. 퇴사하고 낯선 외국까지 나가려 했던 판국에 그 정도 각오도 하지 않았을 리가 없다. 그런 어려움은 내 선택에 대해 마땅히 치러야 하는 대가 중 하나라고 생각했다. 무언가 얻고 싶은 게 있으면 먼저 포기해야 하는 것도 있지 않겠는가. 많은 사람들 중 오직 나에게만 특별한 운이 반복될 거라고 착각하지는 않는다. 이른 나이부터 스스로 돈을 벌어 살다 보니 세상에 공짜는 없다는 걸 온몸으로 익힌 탓인지도 모르겠다.

◇ ◇ ◇

사람들은 대개 십 년 후의 자신의 모습을 물으면 잘 모른다고 말한다. 당장 내년의 일도 모르는데, 십 년 후를 어떻게 아느냐는 거다. 하지만 나는 십 년 후의 내 모습을 명확히 그려놓고 살고 있다. 이미지로도 만들어 침실 벽면에 도배해놓았다. 다양한 분야의 책을 읽으며 지식을 쌓는 일, 하루에 한 권의 책을 읽고 매일 글을 쓰는 일, 강연 기회가 오면 무조건 최선을 다하는 일 모두 그날의 나를 만나기 위한 과정이다.

공무원 생활을 할 때는 늘 내일이 불투명하고 나의 미래가 그려지지 않았다. 그래서 오히려 지금이 그때보다 훨씬 내적으로 안정되어 있다고 자신할 수 있다. 앞으로 시간이 흐를수록 더더욱 조직이 개인의 안전을 보장해줄 수 없는 사회가 되리라고 생각한다. 이런 생각은 갈수록 더욱 확고해져갔고, 의문이 들기 시작했다. '모든 인간은 반드시 오전 아홉 시부터 오후 여섯 시까지 근무하는 생활 패턴을 고수해야 할까? 각자에게 맞는 패턴대로 살 수는 없을까?' 그 의문은 다양한 일을 하는 사람들을 만나고 배움을 구하면서 서서히 해소되어갔다. 하지만 생각하는 것과 정말 그렇게 되도록 이뤄가는 일 사이의 간극은 매우 컸다.

그렇기에 직장에 매인 삶을 벗어나려는 나의 고군분투는 거의 매일 실패의 연속이었다. 공모전에 도전하고 큰 플랫폼에 제안서를 내보기도 수차례. 그러나 주말과 퇴근 이후를 이용해 틈틈이 고치고 써두었던 원고들은 직박구리 폴더나 휴지통에 처박히기 일쑤였다. "독자들에게 주려는 메시지가 정확히 뭔지 모르겠어요" "너무 재미없어요" 등의 이유로.

하루는 강연을 하는데 맨 앞에 앉은 초등학생 정도 되어 보이는 아이가 졸고 있어 얼마나 슬프고 민망하던지. 귀한 시간을 내서 와주었는데 내용을 재미있게 전달하지 못했다는 미안함에, 그날은 집에 가서 스피치 영상들을 돌려보며 더 열심히 공부했다.

팟캐스트를 진행할 때는 당장 이번 주에 방송해야 할 녹음 파일이 날아가, 한바탕 울다가 애써 눈물을 거두고 다시 녹음해야 했던 적도 있다. 시도했다가 실패하고, 다시 일어날 만하면 넘어져서 또 바닥을 보게 되는 일상. 하지만 위안이 되는 건 이를 통해 조금씩 변화에 대한 두려움과 저항감이 줄어들고 있다는 사실이었다. 거절에도 굴하지 않고 실망해도 곧장 일어나는 담력이 생겼다. 슬럼프는 없었냐고 묻는다면 날마다 슬럼프이자 고비의 연속이었다 말하겠지만, 이를 극복하는 과정 하나하나가 나를 성장시켰다는 것을 부정할 수 없다. 겉으로는 매일 반복되는 일상을 사는 것처럼 보이지만, 나에겐 매일이 첩보 영화만큼 긴박하고 재미있는 하나의 스토리가 만들어지고 있는 셈이라고나 할까.

유튜브, 더 많이 나누는 삶을 위한 시작

"세상 사람들은 일을 할 때 대체로 두 종류의 상황에 부
딪힌다. 첫 번째는 두려워서 부담을 갖는 것이다. 그래서
하려고 들지 않는다. 다른 하나는 너무 쉽게 보는 것이다.
그래서 신중하게 하려고 하지 않는다. 성공을 갈망하는
사람은 많지만 실제로 성공하는 사람이 적은 것은 바로
이런 사실과 관계가 깊다."_왕중추

◇ ◇ ◇

유튜브를 시작한 지 이 주가 채 안 된 어느 날. 이른 아침부터
울리는 전화벨에 비몽사몽으로 전화를 받았다. 친구였다.

"야, 얼른 네 유튜브 채널 들어가 봐!"

아침부터 웬 소란인가 싶어 일단 전화를 끊었다. 잘 떠
지지 않는 눈을 억지로 뜨고 핸드폰으로 유튜브 앱을 열었
다. 그러자, '맙소사 이게 뭐지?' 지난주에 시작할 때만 해도

한 명밖에 되지 않던 구독자(전화한 친구였다)가 하룻밤 사이에 백 명 넘게 늘어 있었다. 충격적인 건 거기서 끝나지 않았다. 그다음 날부터 일주일간 같은 속도로 구독자가 늘어난 것이다. '지난주에 올린 영상은 세 개밖에 안 되는데 이게 무슨 일이지?' 하고 원인을 찾다 보니 가장 마지막에 올린 영상 하나의 조회 수가 만 단위를 넘어가고 있었다. 「공무원 퇴사러의 고백: 공무원이 되었던 이유」라는 영상이었다.

'이게 대체 무슨 일이야. 공무원에 관심 있는 사람이 이렇게나 많다고?'

◇ ◇ ◇

하지만 친구가 전화를 걸었던 건, 조회수 때문이 아니라 눈살을 찌푸리게 하는 악플들 때문이었다. 난데없이 쏟아지는 많은 관심과 그 속에 섞여 있는 악플들 앞에서 나는 순간 위축되고 말았다. '팟캐스트를 통해 목소리만으로는 충분히 소통했으니, 이제는 얼굴을 내밀고 이야기를 나누고 싶다'라는 마음에 가볍게 핸드폰으로 찍은 영상이었다. 그런데 그 설레는 마음이 적나라하게 난도질 당하는 느낌은 참 낯설고 두려웠다.

짧은 시간 동안 엄청난 댓글이 달리기 시작했다. 결단

력 있는 행동이 훌륭하다며 앞으로의 앞날을 응원해주는 댓글이 많았지만 그만큼 악플도 많았다. 배가 불렀다는 이야기는 기본이요, 공무원도 힘들면 밖에 나와서 무슨 일을 하겠느냐는 식의 내용이었다. 대부분 공무원을 해보지 않은 사람들의 말들이었다. 그때는 악플을 차단할 수 있다는 것도 몰랐기에 익명의 모든 댓글들을 읽어나갔다. 비판에는 보충 설명을 덧붙여 답글을 달았고, 무차별적인 비난에는 대응할 말조차 찾지 못해 그저 씩씩거렸다. 얼굴은 가리고 찍었어야 했나, 하는 생각부터 불특정 다수에게 흘러가는 영상인 만큼 좀 더 주의했어야 했는데, 라는 위기감까지도 들었다. 하지만 내가 더 충격을 받은 건 그로부터 일주일 정도 지난 후였다. 퇴사하기 전 함께 일했던 직장 동료에게 연락이 온 것이다.

"너 아직 한국에 있어? 유튜브 한다며. 소문 쫙 났어."

유튜브의 엄청난 파급력에 그저 감탄을 금치 못할 뿐이었다.

◇ ◇ ◇

내 영상을 본 상대방이 누군지 모른다는 두려움 때문에, 한동안은 채널을 비공개로 돌려보기도 했다. 유튜브 알고리즘은 그런 내 마음을 알았는지 더 이상 나의 영상을 불특정 다수에게 무한정으로 노출시키지는 않았다. 덕분에 관심세도 주춤했다. 구독자는 한 달 사이에 이미 천 명을 넘었지만 그 이후부터는 성장세도 잠잠해졌다. 사람의 마음이 참 갈대와 같아서, 그러다 보니 또 못내 섭섭해졌다. 악플보다 무서운 건 무플이었다니. 그럼에도 일단 시작했으니 꾸준히 올려보기로 했다.

하나씩 영상을 올리며 나는 내 채널의 정체성을 잡아갔다. 팟캐스트에서는 공개하지 못했던 나의 '공무원 퇴사 전후의 스토리'를 나눠보기로 한 것이다. 원래는 책을 소개하는 '북튜브'를 해보고 싶었지만, 가끔은 내가 하고 싶은 것보다 잘할 수 있는 것을 먼저 하는 것도 나쁘지 않겠다는 판단 때문이었다. 영상을 보는 분들 입장에서 어떤 말을 듣고 싶을지 고민하고 함께하는 채널을 만들고 싶었다. 물론 중간에 이 것저것 실험을 해보다가 구독자가 백 명 넘게 우수수 떨어진 적도 있다. (웃긴 춤을 추거나 성대모사 등을 시도할 때였는데, 그쪽으로의 재능은 영 없었던 모양이다.) 하지만 그 과정에서 내 채널에 방문해주시는 분들이 무엇을 좋아하고 무엇을 싫어하는지를 배우게 되었다. 또한 내가 혼자서만 간직했던 삶의 경험들을 영상으로 남김으로써, 나 자신을 객관적으로 바라보게 되는 체험도 할 수 있었다.

최근 유튜브를 새로 시작하는 사람들이 참으로 많아졌다. 나의 어머니도 내가 유튜브를 하는 모습을 보고 재미있겠다며 영상을 찍기 시작하셨다. 시니어 유튜버에 도전하시겠다는 거다. 세 아이를 낳고 정신없이 살다가 무엇을 새로 해볼까 고민하던 친구도 유튜브를 시작했다. 네이버 블로그를 한다기에 유튜브를 해보라고 적극 추천했다. 두 사람은, 요즘 어떤 콘텐츠를 만들어볼까에 대한 고민만으로도 너무나 즐겁다고 한다. 매일 직장을 오갈 뿐, 무기력하던 삶이었는데 유튜브에 하나씩 영상을 올리며 삶의 활력을 얻었다고 말하는 이들도 있다. 옆에서 보는 나에게까지 그 기운이 전해져와 너무 기쁘다.

사람은 어떤 수단으로든 자신을 드러내고 표현할 때 행복감을 느낀다. 육아를 하는 동안 억눌려 있던 내 친구도, 잘되던 사업이 어려움을 겪어 휘청하던 누군가도, 용기 내서 유튜브를 시작한다. 나 같은 경우 유튜브를 할까 말까 고민하며 칠 개월이나 시간을 끌었기에, 주변 사람들이 망설인다 싶으면 내가 시행착오를 겪으며 배운 것들을 다 나누며 독려하곤 한다. 나 역시 그렇게 주변 사람들에게 베풂을 받으며 살고 있기 때문이다. 사람은 주변에 어떤 사람이 있느냐에 따라 생각과 성장의 폭이 달라진다. 아마 나 역시 온라인 커뮤니티

활동을 하지 않았거나 SNS를 하며 다양한 사람들과 연결되지 않았다면, 늘 우물 안에 갇혀 살며 '뭘 하면 내게 더 이득인가'만 생각했을지도 모른다. 해외에 나가지 못한 패배자라며 주눅 들어 있었을지도 모른다. 하지만 이제는 느낀다. 먼저 많이 주는 사람일수록 많이 성장한다는 사실을. 내가 느끼는 감사함을 세상에 어떻게 흘려보낼 수 있을까 고민하다가, 곧 통장으로 들어올 유튜브 첫 수익도 후원하기로 했다. 아직은 줄 수 있는 게 많지 않지만, 앞으로 올바른 인격을 기름과 함께 타인과 나눌 수 있는 내공을 많이 쌓아가고 싶다.

언젠가 우린 모두 퇴사한다

퇴사를 하고 삼 년이 흘렀다. 여전히 나는 서울에 있는 대형 병원으로 정기 검진을 받으러 다닌다. 하지만 외국행에 미련은 없다. 한국을 떠나 지금의 현실에서 도피하고 싶은 생각도 없다. 나는 지금의 내 삶을 사랑하고 나의 공간, 나와 함께하고 있는 사람들을 사랑한다. 오히려 나를 외국으로 나갈 수 없게 만들었던 신체적 제약이 나를 위한 선물이었다는 생각도 가끔 든다. 병원에서는 늘 천천히 생각하고 행동하며 조급함을 버리는 연습을 하라고 했다. 그러나 여전히 간혹가다 튀어나오는 인생에 대한 조급증은 단번에 버려지지 않는다. 학창 시절 내내 체득되었던 경쟁의 습관은 불쑥 고개를 들어 나를 옭아맨다. 좀 더 빨리 무언가를 성취하고 싶고, 옆 사람을 이겨야만 살아남을 수 있을 것 같다. 여전히 힘든 날이면, 지금의 나는 한없이 부족한 사람이니 더 노력해야 하며, 당장 결과를 내지 않고 헛발질하고 있으면 그건 틀린 행동이라는 강박이 도지며 나를 사로잡으려 한다.

유난히 온갖 안 좋은 일이 겹치는 날이 있다. 그런 날 책을 펴면, 우연인지 혹은 내가 의식해서인지는 몰라도, 위대한 인물들이 지독하게 힘들었던 시절이 문자의 형태로 나를 찾아온다. 하지만 그들은 나에게 '나도 이런 날이 있었어. 그래서 버텼더니 이렇게 훌륭한 사람이 되었단다. 너도 힘을 내'라고 말해주지 않는다. 잔인하게도 단 한 사람도 고통 속에서 견디면 보상이 온다고 말해주는 이가 없었다. 그들은 그저 내게 고통을 그 자체로 품고 계속 가라고 말했다. 두려움은 그것에 집중할수록 더 커지기 때문에, 불확실성과 두려움 혹은 고통을 밀어내기 위해서는 내 마음에 그보다 더 큰 무언가, 즉 신념, 용기, 불굴의 의지, 자신을 향한 믿음 등을 담아두어야 한다. 물론 그저 밀려나는 것뿐 아픔이 완전히 사라지는 것은 아니라 해도, 적어도 아픔이 내 마음의 중심, 가장 좋은 자리에 자리 잡지 않도록 할 수는 있다.

◇ ◇ ◇

'혹시 나만 이렇게 더디고 힘든 거 아니야? 남들은 다들 잘 살고 있는 것 같은데, 난 뭐 이리 힘들지?'라는 의심이 들 때가 자주 있다. 내가 행복해하는 일을 하고 있어도 괴로울 때가 있는 게 정상이다. 의심과 불안감 또한 자연스러운 감정의 일부이기 때문에, 어디에 있든 어떤 일을 하든 상관없이 누구에게나 언제든지 찾아올 수 있다. 세상에 숨 쉬는 모든 생명들은 최선을 다해, 자신에게 주어진 힘들고 고단한 삶을 버텨내고 있다. 그 속에서 서로 사랑하고 존중하고 각자 나름의 삶의 의미를 만들어가며 아등바등 하루를 보낸다.

"회사는 전쟁터지만 나가면 지옥이야."

나 역시 퇴사할 때 이 말을 들었다. 하지만 행복이 누구에게나 같지 않듯, 지옥도 하나로 획일화할 순 없다. 같은 지옥이라도 내가 더위에 약한 사람이라면 차라리 불지옥보다는 얼음 지옥이 더 낫지 않을까. 퇴사를 바라보는 사회의 시선이 바뀌길 바란다. 하지만 그 전에 퇴사를 한 사람들이 자신을 지나치게 나무라지 않기를 바란다. 단번에 나와 맞는 평생의 직업을 갖길 바라는 건 어쩌면 욕심이 아닐까. 퇴사자에게 퇴사라는 단어가 지쳐서 나자빠진 '끝'이자 '절망'이 아니라 '쉼'이자 '시행착오'로 받아들여지길 바란다. 사회에서 말하는 좋은 직장에 다니다가 이해할 수 없는 선택을 하는 사람이 있다 해도, 이를 유달리 특이한 사람으로 바라보지 않는 사회가 되길 바란다. 나는 정규직을 버리고 비정규직으로 살았지만 전보다 불행해지지 않았다.

◇ ◇ ◇

사람들은 누군가에 대해 알고자 할 때 습관적으로 직업을 묻는다. 하지만 이제 나는 직업만으로 개인의 가치를 평가하게 내버려두지 않는 사회를 꿈꿔본다. 빠르게 다가오고 있는 미래는 우리 생활과 인식 등의 많은 부분을 바꿔놓을 것이다. 로봇과의 공생, 사라지는 일자리들과 함께 새롭게 등장할 인간의 역할과 쓸모 등. 그때가 되면 우리의 직업은 하나일 수도 있고 여러 개일 수도 있고, 혹은 아예 없을 수도 있다. 그런데도 노동이 인간의 본질이라고 말할 수 있겠는가. 그러니 우리는 앞으로 직업이 아니라 사람에 대해 물었으면 좋겠다. "당신의 직업은 무엇입니까?"가 아니라 "당신은 어떤 사람입니까?"라고.

나는 매일 내게 묻는다. "나는 누구인가. 왜 여기에 존재하는가." 그 질문이 나를 살게 한다. 나는 생존을 위해 공무원이 되었으나, 정신적 빈곤이 불안정한 미래보다 더 견디기 힘겨워서 퇴사를 선택했다. 퇴사하고 나서는 '헬조선'이라 불리는 대한민국에서 떠나고 싶었다. 하지만 이제는 마음이 바뀌었다. 나는 지금 이 자리에서 최선을 다해 살고 싶어졌다. 사회의 시선보다 나의 목소리에 집중하면서. 그렇게 여러 사회적 평가 기준들을 들이대며 나 자신을 닦달하는 일부터 멈추기로 했다.

◇ ◇ ◇

휴화산은 모두가 멈춰 있다고 생각할 때, 실은 바닥 밑에서 가장 강렬한 에너지 분출을 대비하고 있다. 인간도 마찬가지 아닐까. 인간은 결코 정체되어 있을 수 없다. 우리는 크고 작은 파동에 의해서 끊임없이 흔들려왔고, 그 흔들림 속에서 지금까지 인류의 역사를 이어왔다. 우리에게 '정체되어 있다'고 말하는 사람들의 의도를 나는 의심한다. 우리에게 불안을 조장하고 당장 앞으로 더 나아가지 않으면, 넌 곧 위험해질 거라고, 도태될 거라고 말하는 목소리를 거부한다. 내 멋대로 세워놓은 인생 계획이 틀어져 흙탕물 좀 튀면 어떤가. 다시 일어나서 걷게 될 새로운 길이, 어쩌면 전에 내가 생각했던 방향보다 더 나에게 잘 맞을지도 모르지 않는가. 그러고 보면 인생은 참 살 만한 가치가 있다.

이번엔

내 호흡에만 집중하며

살아보겠습니다

서로의 불완전함을 감싸 안으며

끊임없는 불안. 가만히 눈을 감고 자리에 앉아 있으면 곧바로 나를 덮쳐오는 미래에 대한 막막함. 퇴사한 후 계약직으로 일하며 본격적으로 독서를 하기 이전의 내 삶은 불안이라는 실체 없는 적과 싸우는 여정이었다. 그 불안은 이십 대 내내 내 생산과 열정의 동력이 되기도 했으나, 대개 내 마음을 좀먹는 경우가 더 많았다.

'생산하지 못하는 이의 삶은 무가치하다.'

뼛속까지 자리 잡아버린 이 인식은 내가 그런 생각을 하며 살고 있다는 것조차 인지하지 못할 정도로 내 온몸에 끈덕지게 붙어 있었다. 처음엔 그 불안을 이기지 못해 나의 모든 시간을 빈틈없이 채우기 시작했다. 사람들과 약속을 잡고 각종 모임에 나가거나 일을 하고 자기계발에 몰두했다. 그러다가 혼자 있는 시간에 갑자기 공허해지면 허겁지겁 먹었다. 몸에 음식물을 넣고 있는 동안에는 잠시나마 불안을 밀어낼 수 있었다. 하지만 불안의 실체를 모르는 채 끊임없이 이를 밀어내려고만 하다 보니 근본적인 문제는 좀처럼 해결되지 않은 채 나는 더 불행해져만 갔다.

나는 무엇이 불안한 걸까. 왜 쉬지 못할까. 왜 자꾸만 움직이려 할까. 왜 자꾸 내가 하는 행위가 생산적인지를 고민할까. 왜 바로 결과가 얻어지지 않는 일은 무가치하다고 생각할까. 매일 내 안에 깊게 뿌리박혀 있는 '생산적인 인간'에 대한 강박과 싸워왔다. 이런 강박 때문에 나 스스로 내 인생에서 떠나보낸 사람들이 있다. 그중 여자와의 이야기를 조심스럽게 꺼내보려 한다. 막 스무 살이 되어 한창 방황하던 내 옆에서 일상의 행복을 알려준 좋은 친구였다.

◇ ◇ ◇

여자를 만난 건 대학교 신입생 오리엔테이션 날이었다. 우연히 같은 조에 배정된 우리는 그날 하루를 함께 보냈다. 샛노란 색으로 머리를 염색하고 온갖 튀는 옷과 장신구를 걸친 채 사람들과 사귀고 어울리려 애쓰는 나와 달리 여자는 매우 차분했다. 가려던 대학이 있었으나, 뜻하던 대로 되지 못해 여길 왔다고 했다. 편입을 준비하고 있다고. 그래서일까, 별로 사람들과 섞이고 싶어 하지 않았다. 오리엔테이션도 올지 말지 망설였다고 했다. 그런 여자와는 달리 사람들과 활발하게 어울리며 대학 생활에 잘 적응하고 싶어 했던 나였기에 우리는 자연스럽게 멀어질 거라 생각했다. 그런데 아니었다. 우리는 그날부터 단짝이 되었다.

"오리엔테이션 가길 잘했다. 널 만났으니."

"나도. 우린 완전 소울 메이트야!"

우리에겐 공통점이 있었다. 바로 나중에 외국에 나가 자유롭게 살겠다는 꿈을 꾸고 있다는 점이었다. 서로가 원하는 바가 동일하다는 건, 더 깊은 유대 관계를 맺게 될 가능성이 크다는 의미를 내포한다. 스무 살 캠퍼스에서 굳이 연애를 비롯한 신입생의 로망을 갖지 않아도 될 정도로, 우리는 함께 있는 모든 날들이 즐거웠다.

시간표를 함께 짜서 늘 붙어 다녔고 같은 동아리에 가입했다. 수업을 빠지고 몰래 둘이 영화를 보러 가기도 했다. 틈만 나면 시장에 가서 호빵과 만두를 와구와구 먹어댔다. 별로 재밌지 않은 이야기에도 깔깔대며 즐거워했다. 둘 다 고등학교 땐 공부에 대한 강박 때문에 맘껏 웃지 못했기에 그 모든 강박을 날려버리려는 듯 작은 일에도 크게 기뻐했다. 무슨 이유인지 여자는 반년이 지나도 편입을 하지 않았고 난 이유를 묻지 않았다. 잘은 몰라도 그 덕에 더 오래 붙어 있을 수 있었으니까. 그렇게 일 년이라는 시간이 흘렀다.

"애들 모아서 방학 때 여행이라도 갈까? 유럽 어때?"

"유럽? 가서 뭐 해. 그냥 아르바이트나 할래."

어려워진 집안 형편 탓에 매일 이리저리 뛰어다니며 아르바이트를 구하는 나와 달리 여자는 어떻게든 더 많은 경험들을 하고 싶어 했다. 딱히 돈이 되지 않는, 아니, 돈이 되기는커녕 오히려 돈을 써야 하는 우리 나이대에 즐길 수 있는 다양한 활동을 즐겼다. 여자는 함께하자며 주말마다 나에게 자주 전화를 걸었지만 나는 받지 않았다. 받을 수 없었다.

'좋겠다 유럽. 나도 꼭 가야지, 언젠가.'

그렇게 여름방학이 지나고 다시 만난 여자는 말했다.

"모든 게 정말 완벽했던 여행이었어! 앞으로 외국 클럽들을 일주할 거야. 다음엔 홍콩이다!"

"좋네. 그거."

그 말을 뒤로 쓸쓸한 미소를 흘렸다. '팔자 좋네'라는 부러움이 반쯤 섞인 미소였다.

"……같이 갈래?"

"아니. 잘 다녀와."

나도 모르게 표정이 굳어 있었던 걸까. 여자와 나는 그날 긴 대화를 나눴다. 내가 주말에 연락을 받지 못하고 아르바이트를 하는 이유, 여자와 함께 유럽 여행을 갈 수 없는 이유. 남들 앞에서 웃고 떠들 때와 달리 마음에 괴로움을 안고 정신과 상담을 받는 이유 등. 그 누구도 모르길 바랐던 속 깊은 이야기들이 통제되지 못하고 내 입을 나와 공기 중으로 흘러갔다.

◇　◇　◇

"오늘 점심 어떻게 할래?"

"나는 약속 있어."

"그래. 그럼 나도 다른 친구랑 먹을게."

그날 이후 변한 건 없었다. 보이고 싶지 않은 치부를 들킨 느낌이었기에 여자를 피하고 싶을 때는 있었지만, 적어도 겉으로 보이는 우리의 관계가 달라진 것 같진 않았다.

참으로 이중적이었던 나는, 남들 앞에서 나의 부정적인 면은 보이고 싶지 않았다. 정신과 의사 선생님 앞에서는 죽고 싶다고 울고불고하던 나였지만 학교에서는 그 누구에게도 나의 어려움을 털어놓지 않았다. 연극 동아리 무대에서는 주인공 역할을 맡아 무대에 섰다. 아르바이트로 허덕였어도 나 역시 시간을 쪼개, 해볼 수 있는 한 많은 청춘의 경험을 하기 위해 노력했다. 각종 공모전에서 상을 탔다. 상금이 필요했다.

그러다 보니 팀 공모전에서 대상도 받아 얼떨결에 지역 신문에도 났다. 아무것도 모르는 사람들은, 내가 좋은 취업 자리를 위해 스펙을 쌓아간다고 생각했다. 독하다고 말하는 이들도 있었고 대단하다 칭찬하는 사람들도 있었다. 나는 늘 웃었고 밝았다. 활발했다. 하지만 이제 단 한 사람, 나의 아픔과 어둠을 아는 사람이 있었다. 다 털어놓고 나면 마음이 편할 것 같았는데, 역설적으로 이제는 그녀에게서 도망치고 싶었다. 특히 남들과 웃고 떠들 때면 나를 유심히 관찰하듯 바라보는 여자의 눈길이 싫었다.

◇ ◇ ◇

"나는 왜 이렇게 못났을까. 난 왜 이렇게 한심할까. 넌 좋겠다, 다리도 날씬하고."

어느 날 전신거울 앞에 서서 내 몸매를 바라보며 무심코 중얼거리는 내게 여자가 갑자기 냅다 소리를 질렀다.

"제발 이제 그만 좀 해."

나는 너무 놀랐다. 평소에 늘 웃는 얼굴이던 여자의 낯선 그 모습이 내 심기를 건드렸다.

"뭐가. 왜 갑자기 소리를 질러?"

"남들이랑 비교 좀 하지 마. 넌 왜 그렇게 자기 자신을 미워해? 사람들은 네 그런 모습 아무도 모르지. 다들 내 앞에서 네 칭찬만 해. 열심히 산대! 대단하대! 근데 중요한 게 뭔지 알아?"

아무 말도 하지 않았다. 너무 수치스러워서. 여자를 통해 자존감 낮은 내 모습을 정면으로 마주하는 것만 같아서.

"너랑 깊이 친해지기 어렵대."

"그래?"

시선을 마주치지 않은 채 허공을 울린 나의 대답 너머로 흐느낌이 들렸다. 여자의 소리였다.

"나, 너무 힘들어. 네가 웃고 있는 모습 볼 때마다 울고 있는 거 같아 보여. 내 눈엔 빤히 힘든 게 보이는데 그 누구도 모르니까. 나만 아니까. 처음엔 그게 특별하고 좋은 건 줄 알았는데 아냐. 너무 힘들어. 아무것도 하지 못하고 그저 옆에서 지켜보는 게."

물론 그 후에도 여전히 우리는 계속 붙어 다녔다. 하지만 우리 사이에는 언제나 다른 친구들이 끼어 있었다. 둘만 있으면 괜히 어색해서 서로 피했다. 더 이상 속 깊은 대화는 나누지 않았다. 이후 내가 일 년간 휴학을 하면서 자연스럽게 우리의 노선은 달라졌다. 여자는 학교에서 다른 친구들을 사귀었고, 내가 복학한 후에는 선배가 된 그녀와 듣는 수업까지 달라지면서 어쩌다 한 번씩 마주치는 사이가 되었다.

◇ ◇ ◇

나는 오랜 시간 여자를 미워했다. 그리고 미안해했다. '완벽한 사람이 되어야지. 생산적인 사람이어야 해'라는 강박은 불완전한 나의 민낯을 아는 여자의 진심을 회피하게 만들었다. 후에 우리에게는 한 번 더 만날 기회가 있었다. 몇 년이 흘러 둘다 각자의 직장에서 일하고 있을 때였다. 나는 당시 막 공무원 일 년차에 접어들 때였다. 여자는 원하던 대로 졸업을 하고 유럽으로 유학을 떠났다. 여러 나라를 여행했고, 공부를 했고, 외국계 회사에 다니고 있었다. 여자다운 행보였다. 외국에 나가 자유롭게 살아보자던 꿈. 스무 살에 나랑 함께 꾸었던 꿈을 홀로 이뤘다.

그런 여자가 지방에서 공무원을 하고 있던 내가 부럽다고 했다. 자신은 부모의 노후자금까지 몰아다 유학을 다녀왔으니, 약간의 부담감도 생긴다면서. 공무원이 최고라고, 일하면서 관련 직종의 공무원을 준비해보겠다고 했다. 오랜만에 만났는데도 우리는 어색하지 않았다. "그때 우리의 오해를 풀어보자. 다시 소울 메이트였던 그때로 돌아가보자. 우리 좋았잖아." 이런 말은 아무도 꺼내지 않았다. 둘 다 본능적으로 알고 있었나 보다. 이번 만남 이후로 우린 다시 멀어질 것이며 원래의 자리에서 그냥 각자의 모양대로 살아가게 될 거라는 사실을. 다시 스무 살 우리의 한때로 돌아가지 못할 것이며 인연은 억지로 붙든다고 맺어지는 게 아니라는 진리를.

그럼에도 나는 계속 무언가 여자에게 꼭 해야 할 말을 잊은 것만 같은 찝찝한 기분에 사로잡혔다. 이후 여러 번 여자에게 닿을 기회가 있었다. 'ㄱ'으로 시작하는 여자의 이름 때문에 자주 메신저에서 프로필 사진과 이름이 눈에 띄었다. 여러 번 메시지를 보내볼까 하고 '잘 지내?'라는 세 글자를 적었다 지웠다 반복했지만 끝내 보내지는 못했다. 여자의 프로필 사진은 늘 비슷했다. 여행을 다니며 찍은 사진, 외국인 친구들과 웃고 있는 모습, 멋진 포즈를 잡고 예쁜 옷을 차려입은 채 멋진 배경을 덧입힌 독사진. 가끔 그렇게 여자의 근황을 알게 될 뿐 끝내 먼저 연락하지 못했다. 말없이 번호를 바꾼다면 더 이상 서로의 삶을 알 수 없게 되는, 그런 사이가 되었다.

비슷한 이유로 이후 만났던 남자들과도 헤어졌다. 완벽하지 못한 나를 용서할 수 없었고 망가진 모습은 보여주고 싶지 않았다. 완전했기 때문이 아니라 오히려 나약했기에, 늘 그저 도망치는 것밖에 할 줄 몰랐다. 나의 약함을 아는 사람들로부터, 너무 오랫동안 나의 바닥을 지켜봐온 사람들에게서 도망치고 싶었다. 도망치면 끝일 거라 생각했다. 새로 다시 시작할 수 있으리라 믿었다. 나를 지나쳐 갈 그 사람에게 나의 모든 약함과 아픈 기억을 모두 짊어지운 채. 사람을 나에게서 끊어내면 이전의 약했던 나 역시 떨어져 나가리라 믿었다. 하지만 그렇지 않았다. 사람이 지워져도 함께한 기억만큼은 끈질기게 남아 있었다. 왜냐하면 그 기억들이 지금의 나를 만든 일부이기에. 물건을 버려도, 사람을 지워도 그 나약한 나만큼은 결코 떨어져나가지 않았다. 그건 그리 간단한 문제가 아니었다.

◇ ◇ ◇

'열심히 사는 일'보다 '쉼 자체'의 의미를 깊이 있게 음미하며 남는 시간을 독서에 쏟던 중 나는 생산성에 대한 나의 강박을 발견하게 되었다. 이후 나에게 끊임없이 질문했다. 나는 왜 실체도 없는 '남'이란 존재를 의식하며 그렇게 강박적으로 살아왔을까. 대체 무엇을 증명하고 증명받고 싶었는가. 무슨 말을 하고 싶었는가. 도대체 왜 내가 살아 있는 존재라는 사실을 타인에게 인정받아야만 했는가. 왜 나라는 사람이 이 세상에 살아 있다는 걸 나 자신이 아닌, 나와는 아무 상관도 없는 타인들에게 그토록 외치고 싶어 했는가.

　나는 여전히 가끔 나를 속인다. 진실이라고 믿었던 메시지들이 진짜 속마음이 아닐 때도 있었다. 내 기억을 거치면서 실제와 다른 모양으로 왜곡된 일도 많았다. 그런데 과연 실제 일어난 일이란 무엇일까. 내가 기억하는 상황과 함께 겪은 이가 기억하는 상황이 다르다면 둘 중 무엇이 진실인가. 이 글을 읽고 있는 누군가는 나의 기억을 진실이라고 믿고 계속 그렇게 글을 읽어나갈 수밖에 없을 텐데.

　사람은 누구나 자신에게 유리하게 말하려는 경향이 있다. 완전한 사람은 없다는 것을 알고 있음에도 불완전했던 나를 정당화하기 위해 애쓴다. 본인의 실수임이 명백한데도 타인을 끌어들여 자신의 실수를 반감하기 위해 노력한다. 인정하기 싫은 불순물이 내 속에 섞여 들 땐 자꾸 그 불순물의 입장을 대변하려 한다. 자신을 인정하는 일은 정말 어렵다. '그래, 나는 실수했다. 나는 실패했다.' 살면서 이 말 한마디 하기가 왜 그렇게 어려웠을까. 그 한마디 인정하고 나서부터 다시 경로를 조정해가면 되는 건데. 왜 그렇게도 과거를 미화하고 안 좋은 기억을 지워가며 희석하는 데만 급급했을까.

　요즘에야 깨닫는다. 내가 여자를 생각하면 찜찜한 기분을 떨쳐낼 수 없었던 이유를. 제대로 가눌 줄 모르는 나의 마음과 삐뚤어진 완벽주의로 인해 상처받았을 어린 날의 여자. 끝내 그 손을 놓쳐버린 여자를 미워했던 것을 사과하고 싶었나 보다. 다시 이어질 수 없는 인연일지라도. 언젠가 작은 용기를 내어 여자에게 연락할 수 있다면 말하고 싶다. 어린 날의 당신에게 상처를 주어 미안하다고. 끊임없이 나 자신을 괴롭히느라 옆에 있던 귀한 친구마저 잃었다고. 그럼에도 만약 다시 그때로 돌아가 당신의 친구가 될 수 있다고 한다면 나는 기꺼이 웃으며 다가가 손을 내밀 거라고. 그때는 나에 대한 연민에 매몰된 나머지 단 한 번도 돌아보지 않았던 당신의 상처나 아픔을 서툴게나마 위로하겠노라고. 우린 둘 다 완전하지 않으니까.

나는 내 인생의 1호 팬입니다

살면서 부러운 사람이 참 많았다. 이 사람은 이래서 부럽고 저 사람은 저래서 부럽고, 하나같이 나만 빼고 다 멋져 보였다. 상대방의 장점을 귀신같이 찾아내 칭찬하는 나의 능력이 통하지 않는 유일한 대상은 나 자신이었다. 달리 생각해보면 누군가가 부러웠다기보다는 그냥 내 삶에 불만이 너무 많았던 것 같다. 스스로가 늘 부족해 보였다. 못나 보였다. 그러니 자동적으로 나 빼고는 다 잘나 보이고 좋아 보였던 거다.

◇　◇　◇

내 삶에 대한 불만, 그 반작용으로 어느 날부터 재능이란 단어에 목숨을 걸기 시작했다. 신은 인간이 태어날 때 반드시 하나씩 재능을 준다는데 나에겐 아무것도 없는 것 같았다. 그래서 더 방황했다. 재능만 찾으면 성공도 하고 행복할 수 있을 거 같은데, 난 충분히 열심히 사는 것 같은데. 열심히 살아도 늘 제자리인 이유는 오로지 재능 때문이라 여겼다. 그래서 너무 지치고 힘든 날엔 일찍이 재능을 발견하고 이를 계발하는 데 성공한 사람들에게 샘이 났다. '내가 지금 행복하지 않은 이유는 여전히 찾지 못한 재능 때문이다. 재능만 찾으면 나는 진정한 나로 살아갈 수 있을 거다'라고 착각했다. 그래서 지금까지 말로는 진정한 내 인생을 찾는다고 하면서, 실은 내가 세상에 불만을 품을 변명거리만을 찾고 다녔는지도 모르겠다.

이런 나의 착각은 꽤나 싱겁게 깨져버렸다. 계기는 TV에서 마주한 한 여배우의 인터뷰였다. 작품마다 완전히 다른 모습을 선보이며 팔색조의 매력을 뽐내는 여배우는 자신의 연기 비결을 묻는 질문에 이렇게 답변했다.

"작품 안에서 나는 또 다른 삶을 산다. 내가 연기를 한다고 생각하지 않는다. 작품을 시작하면 너무 깊이 몰입하여 한동안 거기서 빠져나오기가 힘들다."

평소 자주 들을 법한 답변임에도 이날은 그 말이 유독 가슴 깊이 박혔다. 나는 내 삶에 과연 얼마나 몰입하고 있는가? 나를 피해자라 여기며 나 스스로 내 삶에서 도망칠 만한 이유들을 갖다 붙이며 살아오지는 않았는가?

작품 속 여배우뿐만 아니라 우리도 사회 속에서 다양

한 가면을 쓰고 여러 역할을 소화한다. 가끔은 나 자신까지 속일 때도 있다. 우리는 가식적이기까지 한 자신의 모습에 지치기도 하고, 전혀 몰랐던 새로운 내 모습에 당황하기도 한다. 『자아 연출의 심리학』이라는 책을 쓴 유명 사회학자 어빙 고프만은, 우리가 스스로를 어떻게 느끼든 우리는 언제나 자기 자신으로 존재한다고 주장한다. 맡은 역할을 연기하는 것도 결국 나 자신이라는 것이다. 설사 연기하고 있는 모습이 진정한 내가 아닌 것처럼 보여도 그 역할을 맡은 나는(나의 느낌과 상관없이) 결코 진정성이 떨어지는 존재는 아니라는 것.

지난날의 나를 돌아보았다. 내가 찾는 '진정한 나'는 누구였을까. 나는 왜 매 순간 최선을 다하던 나를 환상으로 만들고 계속 '이상 너머의 실체 없는 또 다른 나'를 갈망하고 있었을까. 돌아보면 나는 매 순간 내가 원하는 일에 도전하며 내가 선택한 대로 현실에 충실한 삶을 이어오고 있었다. 단지 그걸 알아차리지 못하고, 지금의 나와는 다른 어떤 이상적인 모습, 내가 만족할 만한 내 모습만이 진정한 나라고 착각하고 끊임없이 찾아 헤맸을 뿐이다. 하지만 지금까지 살아온 여정 속 모든 순간이 나였다. 부족해 보이고 가끔 이해할 수 없는 행동을 하기도 했지만 그게 모두 나였다. 나를 성장시킬 수 있는 자리를 끊임없이 찾아다니며 배우고 그것을 삶에 적용한 것, 내가 방황이라 일컬어온 모든 것들이 실은 온전한 내 모습 그대로였다. 그것도 하나의 재능이었다. 내가 살아온 모든 날들이 바로 내가 진정한 나로 산 시간들이었다.

　　나는 너무 오랜 시간을 실체 없는 나를 찾기 위한 방황으로 보냈다. 물론 나에 대해 알기 위해 겪었던 수많은 이십대의 시행착오들을 후회한 적은 없다. 반대로 생각해보면 타인에 대한 열등감이 나를 더 적극적으로 움직이게 하는 원동력이었을 수도 있다. 진짜 나를 찾기 위해 고군분투했던 과정들 하나하나가 힘든 만큼 가치 있었다. 또한 그 속에서 만난 사람들은 무엇과도 바꿀 수 없는 소중한 보물이다. 그리고 무엇과도 비교할 수 없는 나만의 특별한 이야기가 생겼다. 그러니 이제부터라도 내가 지금까지 살아온 삶이 헛되지 않았음을 기억하며 박수를 쳐주기로 한다. 늘 '진정한 나'를 동경하며 그 모습이 되기를 꿈꾸었지만, 이제는 지금을 살고 있는 나 자신을 더욱 사랑하기로 한다. 나는 누가 뭐래도 내 팬 1호다.

지금 꿈꾸는 것, 정말 내가 바라는 것이 맞나요?

지금 내 삶에 만족한다. 행복하다. 아프고 혼란스러운 과정이 있었지만, 그 과정이 두 가지 깨달음을 주었기 때문이다. 퇴사 이후의 삶이 나에게 준 선물 같은 깨달음은 무엇이었을까.

하나, 머나먼 곳으로 떠나야만 진짜 나를 찾을 수 있는 것은 아니다. 떠나는 행위가 곧 도전하는 청춘의 전유물인 것은 아니며, '도피'는 '도전'이라는 단어로 가장하고 날 속일 수도 있다.

둘. 사회가 좋다고 말하는 길이 곧 나에게도 행복을 주는 것은 아니다. 나는 사회가 제시하는 정답에 맞춰 살았지만 불행했다. 그래서 나만의 해답을 찾아 나서는 시도를 했고 그 과정 속에서 마주한 순간들이 모두 해답이었다. 모두에게 적용되는 단 하나의 답이란 결코 존재하지 않는다. 그러니 우리는 내가 선택한 결정을 검증받으려 하거나 남 눈치 보지 않고 나의 길을 걸어도 괜찮다.

혹시 내가 오랜 시간 꿈꾸던 일, 세계를 무대로 일하는 '글로벌 커리어 우먼'도 만들어진 꿈은 아니었는지 곱씹어보게 된다. 물론 정말 '세계를 돌아다니며 일하는 직업'이 잘 맞고, 자신이 추구하는 가치와도 부합하는 사람이 있을 수도 있다. 하지만 나는 아니었다. 책을 읽으며 알 수 있었다. 책 속에서 다양한 저자들을 만나다 보면 그중 나와 비슷한 생각의 지도를 그려온 사람들과 마주하게 된다. 그리고 글자를 매개로 저자와 대화하는 과정 속에서 내가 어떤 사람인지 알게 된다. 책을 읽으며 스스로에게 솔직해지자 내가 사실은 외향적인 사람이 아니라 내향적인 사람이었다는 것도 알게 되었다. 이제까지 심리검사를 할 때마다 매번 외향형으로 구분되어온 나는 철저히 나 자신을 속이고 있었던 셈이다.

대중매체나 주변 사람들의 말에 영향을 받기 쉬운 구조 속에 있는 우리. 과연 자신이 진정 원하는 것을 좇고 있을까, 아니면 자주 접하는 이미지들을 통해 만들어진 욕망을 내 것이라 착각하고 있을까. 뉴스에서 연일 '청년 취업이 어렵다' '7포 세대다' '공무원이 대세다'라는 말을 자주 접하게 된다. 과연 이로 인해 '나에게도 공무원이 최고다'라며 스스로 세뇌해본 경험이 있는 사람이 나뿐이라고 말할 수 있을까.

지금은 삼십 대가 된 나의 또래 친구들은 누구나 한 번쯤 스튜어디스나 아나운서를 꿈꾸어본 경험을 가지고 있다. 하지만 한참 후에 이야기를 나누다 보면 "아 맞다, 나 그런 꿈도 꿨었지" 내지는 "그냥 그땐 그게 멋있어 보였어"라고 말하는 이가 많다. 오늘날에는 많은 청소년들이 아이돌을 비롯한 연예인이나 유튜브 크리에이터를 꿈꾼다. 그렇다면 이들은 모두 정말 온전한 자신의 욕망에 의해 이러한 직업을 갖고자 하는 것일까? 이들이 연예인이나 유튜브 크리에이터가 되고 싶은 이유는 과연 무엇일까? 우리가 매체를 통해 접할 수 있는 행복해 보이는 사람들이 대부분 이들이기 때문은 아닐까.

진정한 욕망은 인간의 본성 중 하나인 '창조'를 이끌어 낸다. 내 의지로 무언가를 만들거나 변형하고 싶어 하는 것이다. 창조가 자신이 하는 일과 더해지면, 세상에 도움이 되는 훌륭한 선물을 줄 수 있게 된다. 그렇게 각자 자신의 영역에서 최선을 다해 실력을 쌓을 때, 우리는 모두 '각자의 방법으로' 세상과 공생하며 평화로운 삶을 이어갈 수 있다.

나에게도 내가 진정 원한다고 생각했던 많은 것들이 실은 사회 풍조나 유행, 광고의 영향을 받은 것은 아니었는지 돌아보는 작업이 필요했다. 퇴사하고 몸이 아프고, 언제 해외로 나갈 수 있을지 모르게 된 일련의 불안정한 상황들 속에서 나를 가장 많이 슬프게 했던 것이 있다. 무엇이었을까. 그 좋다는 공무원 자리를 박차고 나갔는데 더 잘나가지 못하고 있다는 남부끄러움? 불안정한 미래? 주변 사람들의 차가운 시선이나 차별? 그것도 아니면 젊은 나이에 건강을 잃어버릴 지도 모른다는 불안 때문이었을까?

모두 아니다. 퇴사 이후 가장 슬펐던 순간은 바로 내가 추구하고 있던 꿈들이 실은 대부분 진짜 내 욕망이 아니었음을 깨달았을 때였다. 내가 믿고 추구해온 많은 것들이 실은 사회에서 배워온 '진리'나 시대의 유행에 따라 '세뇌된 것'이라는 사실을 깨닫던 날의 충격과 좌절은 지금까지도 잊을 수가 없다.

살면서 부딪치는 많은 어려움들 속에서 늘 망설였지만 갈망하던 일이 있었다. 사람들의 시선이 두려워 자꾸만 미뤄왔지만 포기하고 싶지 않았던 한 가지가 있었다. 그건 바로 나 자신과 세상에 대한 탐구를 멈추지 않는 일이다. 가끔은 놓아버리고 싶은 삶일지라도, 부조리해 보이는 세상 속에서 실수투성이인 나일지라도 그런 나를 다독여가며 다시 일어나는 힘. 그것이야말로 진정한 용기가 아닐까.

공무원을 할 때는 안정적인 직장에 다니고 있다는 것을 알고 있었지만 늘 불안했다. 미래는 보장되어 있었지만 내면이 불안정했기 때문이다. 늘 스스로에게 자신감이 없고 조급했다. 내적으로 불만이 쌓이니 외적으로 더 큰 보상을 바랐다. 하지만 지금은 전혀 그렇지 않다. 오히려 내가 세상에 어떤 가치를 선물할 수 있는 사람인가를 고민하게 되는 마음의 여유도 생겼다. 내가 어떤 사람인지 똑바로 알고 있고, 추구하는 가치가 분명하다는 사실만으로도 현재의 삶에 더욱 최선을 다하게 되었다. 나에 대한 믿음이 생기고 자신감이 차오르게 되었다.

조금 돌아가도 되고 조금 늦어져도 된다고 생각한다. 나는 너무도 오랜 시간 동안 내 것이 아닌 꿈을 꾸고 있었고, 그 사실을 알게 된 후로는 최선을 다해 하나씩 도전하며 내 것이 아닌 것은 과감히 버렸다. 이 과정이 고통스러울 때도 있었지만, 그 모든 순간들이 쌓여 오늘의 나를 만들었다. 그리고 지금은 그 행복을 사람들에게 전하고자, 세상에 줄 것이 많은 사람이 되고자 조금씩 성장하는 매일을 만들고 있다.

지금 내가 선 이 자리로부터 도망치지 말자

"인생에서 기쁨을 찾았는가? 당신의 인생이 다른 사람을 기쁘게 해주었는가?"

이 질문 앞에 무슨 대답을 할 수 있을까. 사람들을 만나면 자주 묻게 되는 이 질문은 내가 만들어낸 것은 아니다. 〈버킷 리스트: 죽기 전에 꼭 하고 싶은 것들〉이라는 영화에 나오는 대사이다.

죽음을 앞둔 두 남자 카터와 잭이 버킷 리스트를 적고 이를 함께 실행하기 위해 여행을 떠난다는 이야기를 담은 영화 〈버킷 리스트〉는 한국에서도 큰 인기를 끌었다. 평점도 매우 높다. 이 영화 개봉 당시 마침 우리나라에는 한창 버킷 리스트 적기 열풍이 불고 있었다. 어느 날 친구와 함께 있던 나는 가벼운 마음으로 이 영화를 틀었다. 처음에는 비스듬히 소파에 등을 기대고 누워 과자를 하나씩 오물거리고 있던 우리는 어느 순간부터 과자로 향하는 손길을 멈추고 미친 듯이 영화에 빠져들었다. 그리고는 곧바로 근처에 있던 메모지와 펜을 집어 들었다. 그 자리에서 엄청나게 많은 버킷 리스트를 적어 내려갔던 기억이 지금도 생생하다. 친구 것을 보니 내 것과 크게 다르지 않았다. 그러다가 문득 다른 사람들의 버킷 리스트가 궁금해져 인터넷에 검색해보았다. 몇몇 버킷 리스트를 살펴보다가 의문이 들었다.

"왜 사람들의 버킷 리스트는 대부분 비슷한 걸까?"

일단 우선적으로 빠지지 않고 등장하는 항목이 '세계 일주'였는데, 인간은 언제나 지금의 삶 그 이상을 동경하기 때문인 것 같다. 실제로 퇴사한 나를 부러워하던 공무원 선배가 있었다. 선배는 늘 용기가 부족한 자신을 책망하며 스스로를 몰아세우곤 했다. 그러면서 십 년 후에는 꼭 휴직계를 내고 아내와 세계 일주를 떠나고 싶다고 했다.

"갈 수 있겠지? 내 버킷 리스트인데 말이야."

"선배, 일단 애인부터 만드는 게 좋지 않겠어요?"

우리는 도전이라는 단어를 생각할 때마다 지금의 자리를 떠나 미지의 세계로 향하는 자신의 모습을 떠올리곤 한다. 그런데 도전이란 대체 무엇일까. 누군가에게는 한국 사회에서 회사를 관두고 주변의 시선들을 견뎌내면서 살아가는 것이 큰 도전일 수도 있다. 그러나 있던 자리를 떠나는 것뿐 아니라 지금 그 자리를 지키며 버티는 일도 도전이라고 말할 수 있다. 도전의 정의를 하나로 보아서는 안 된다.

그래서 지금 와서 돌아볼 때, 퇴사 후 건강상의 문제로 해외로 나갈 길이 막히게 된 그날이 내 인생 전체를 놓고 보았을 때는 오히려 큰 축복이었다는 생각을 하게 된다. 해외에 나가려고 모았던 돈으로 진정한 배움을 누리며 앞으로의 내 미래를 제대로 설계할 수 있게 되었기 때문이다. 책과 함께 고독의 선물을 활용할 줄 알게 되면서, 나는 지금 이 자리에서도 충분히 풍성한 세계를 경험할 수 있다는 것을 느끼고 있다. 단순히 위험을 무릅쓰고 더 멀리까지 나가서 기존의 나 자신을 버리면서 사는 것만이 '용기를 가진 자'의 상징인 것은 아니다. 그것이 청춘의 의무가 될 필요도 물론 없다.

불안정한 세상의 변화들로 인해 이리저리 휩쓸리는 우리가 자주 잊고 사는 진실이 하나 있다. 바로 내 안에 넓고 거대한 세계가 존재하고 있다는 사실이다. 바깥에서 접할 수 있는 다양한 세상만큼이나, 아니 그보다 훨씬 더 방대하고 깊은 정신세계. 물론 이국땅에서 낯선 문화를 접하는 순간들도 행복했지만, 그 기쁨은 실은 내 안에 그보다 거대한 우주가 있었기에 만들어진 것이었다. 내가 외부에서 배운다고 생각했던 많은 것들이, 실은 내면세계에서의 무수한 질문들과 배우고자 하는 자세가 없었다면 얻을 수 없는 선물이었다. 자기 내면의 깊이에 따라 포용할 수 있는 세상은 달라진다. 그리고 그 내면세계를 풍성하게 만들어주는 최고의 수단은 우리가 귀에 못이 박이도록 들어왔던 독서이다.

독서는 수동적인 행위가 아니다. 나는 방 한 칸이나 카페 한구석, 도서관에서 세계 여행을 할 때보다 더 풍성한 세상을 경험한다. 물리적 공간과 시간을 뛰어넘어 역사적 인물을 만난다. 내가 그렇게 목말라하며 해외까지 나가 찾고자 했던 '진정한 나 자신'은 실은 이미 내 안에 있었다. 나는 내 안의 나를 만나는 방법을 몰랐기에 늘 방황했던 것이다. 다양한 분야의 독서를 통해 나는 지금 이 자리에서 현실을 회피하지 않고 끌어안은 채 한 발씩 나가는 법을 배웠다. 책에서 배운 점들을 삶에 적용하고 훌륭한 저자들을 닮아가기 위해 애쓰다 보니 일상에도 많은 변화가 있었다. 그리고 좋은 것은 함께 나누기 위해 글과 영상을 통해 이 경험담을 공유하고 있다. 인간은 내면의 것을 꺼내어 새로운 것을 창조할 때 비로소 진정한 행복을 느낀다. 창조를 통해 얻는 희열과 기쁨, 이를 사람들과 공유하고 소통하는 즐거움. 이보다 더 변화무쌍한 모험이 또 있을까. 더 많은 청춘들이 이에 도전하고 자신의 삶도 정리하며 함께 성장할 수 있기를 간절히 바란다.

시계를 버리는 행위의 의미

숫자 9를 좋아한다. 생김새를 가만히 살펴보면 참 매력적인 녀석이다. 8처럼 두 원을 한 번에 그려, 자신의 모든 곳을 방어하지 않는다. 9는 왼쪽 밑단을 살짝 잘라 자신을 열어놓는다. 여지를 남긴다. 나는 그래서 8보다 9가 더 좋다. 뒤집으면 6이 된다는 사실도 마음에 든다. 변신도 자유자재이고 완전수인 10보다 하나 적은 수라는 점에서 인간미까지 더해지니, 나에겐 퍽 가슴 떨리는 숫자라 할 수 있다.

◇   ◇   ◇

열아홉 살과 스물아홉 살. 스무 살과 서른 살을 각각 앞둔 두 시기는 두려우면서도 설렘을 가득 안겨준다. 말로 다 표현할 수 없는 복잡한 감정이 뒤범벅된 스물아홉을 지나 작년에 드디어 서른을 넘겼다. 그동안 내면에서도 그리고 외적으로도 참 다양한 일들이 일어났다. 해가 두 번 바뀌었고 절대 오지 않을 것만 같던 삼십 대의 출발선을 밟고 지나쳤으니까.

　인생의 여정을 곱씹다 보니 시간이라는 단어에 주목하게 된다. 서른이 되고 마흔이 되는, 그런 시간의 흐름이 두렵게 느껴지기도 하지만, 막상 그것을 겪은 당사자들은 시간이 너무나 자연스럽게 흘러가서 오히려 당황스럽다고 말하기도 한다. 시간은 참 오묘한 존재다. 어떤 의미를 부여하느냐에 따라, 그 무게가 저마다 다르게 다가오기 때문이다.

◇　◇　◇

시간에 대한 관심이 생기니 공간과 우주에 대해서도 호기심이 생겼다. 이후 도서관에 가면, 아인슈타인의 상대성 이론을 비롯한 물리학 책을 보며 시공간의 존재에 대해서 공부해보았다. 그러다 보니 우주가 궁금해져서 천문학 책도 잔뜩 읽곤 했다. 내가 알아가고픈 분야를 선택해서 공부하니 늘 재미가 있었다. 참으로 오랜만에 느껴보는 학문의 즐거움이었다.

　차원 너머의 세계가 궁금해서 관련 책들을 찾아보고 있던 중에 문득 이런 생각이 들었다. '더 높은 차원을 알기 위해서는 오히려 기본으로 돌아가, 밑바닥에서부터 철저히 파악해서 유추해나가야 하는 게 아닐까.' 질문을 품고 도서관 서가를 뒤지던 중에 발견한 책이 『플랫랜드』라는 수학 소설이다. 평면의 나라(2차원)를 사는 책의 주인공 사각형이, 직선 나라와 공간의 나라(3차원)를 오가며 여러 이야기를 들려준다. 시야가 좁아 자신의 세계에만 갇혀 살아온 나에게도 참으로 시사하는 바가 큰 이야기들이었다.

공간의 나라를 보고 온 사각형은 직선에 갇혀 그 이상을 보지 못하는 직선 나라의 왕에게 이런 이야기를 해준다.

"당신의 세계 밖으로, 당신의 공간 밖으로 나오셔야 합니다. 폐하의 공간은 진짜 공간이 아닙니다. 진짜 공간은 평면인데, 폐하의 공간은 직선일 뿐입니다."

그 왕에게는 자신이 서 있는 그곳이 세계의 전부이며 사실상 우주의 전부이다. 이는 곧 우리의 모습이 아닌가? 그렇다면 우리는 어떤 식으로 현재 갇혀 있는 차원에서 벗어날 수 있을까? 우리가 늘 당연하게 사용해오던 시계. 시계가 혹시 자유로운 차원의 이동을 방해하는 도구였던 것은 아닐까. 시계는 과연 인간에게 마냥 유용하기만 한 도구일까.

나는 시간 개념으로 인해 우리가 자유롭게 상상하고 행동하는 것에 제약을 받으며 살고 있다는 생각이 자주 든다. 학교 교육을 받은 사람이라면 시간표는 매우 익숙할 것이다. 우리는 십 년이 넘게 시간표라는 틀 안에 갇혀 살아왔다. 그렇기에 시간으로 나누는 삶의 틀을 당연하게 여기고, 시계가 자유와 상상을 방해하는 도구였다는 것을 놓치고 살았던 것이라면 어떨까.

예를 들어보자. 우리는 평균 수명이 연장되고 있음을 인정하면서도 사회적인 시간에 대해서는 여전히 까다로운 기준을 고수한다. 공부를 마쳐야 하는 나이, 취업해야 하는 나이, 결혼해야 하는 나이, 자녀를 낳아야 하는 나이 등. 심지어 우리는 오랫동안 오전 아홉 시에 출근해서 오후 여섯 시에 퇴근하는 일터를 당연하게 여겨왔다. 어디 이뿐일까. 아침형 인간이 부지런하고 잘산다는 편견은 어떠한가. 사람마다 자신에게 맞는 생활 패턴이 있는 법인데, 사회는 통제하기 편한 대로 모두에게 해당하는 법칙이 있는 것처럼 말한다.

시계, 더 나아가 지금은 인터넷이라는 도구까지 등장하여 인간의 삶을 윤택하게 해주고 있다. 하지만 우리가 이를 주체적으로 활용할 수 있는 판단력을 잃어버린다면 어떻게 될까? 우리는 기술이 삶을 재편성하는 대로 살아가는 수동적인 존재가 될 것이다. 그러니 기술이 우리 삶을 끌고 가도록 내버려두지 말고, 적어도 일주일 중 단 하루 정도는 내 뜻대로 창조하고 운용하며 사는 우리였으면 좋겠다. 이제 더 이상 나를 지난 시간 속에 가두지 않고 마음껏 미래를 상상하며 살기로 한다.

언제까지 열심히 살아야 할까요?

오늘날 스스로에게 게으를 권리를 박탈한 사람들이 너무나도 많다. 대한민국에서 '게으른 젊은이들'은 어떤 부류를 의미할까? 사회가 제시하는 모범을 따르지 않고, 국가의 기대대로 분주하게 살지 않는 사람들이다. 국가의 성장과 발전에 이바지하지 못하고 자본주의적 가치관에서 어긋난 채, 자신만의 속도로 느리게 살아가려는 사람들. 이들은 사회에서 그다지 환영받지 못한다. 다수와 다른 삶을 사는 이들은, 인생의 실패자라는 부담을 잔뜩 안고 사는 것도 모자라 주변의 골칫거리가 되기도 한다.

사람들은 '근면, 성실한 사람'이라는 말 듣기를 좋아한다. 이를 통해 타인에게 인정받고자 하기도 한다. 내가 나를 바라보는 시선을 통해서가 아니라, 남의 눈치를 보며 그들을 만족시키는 데서 행복을 찾는 경우도 많다. 나 역시 직장 상사, 가족과 친척들, 주변 사람들이 무심코 내뱉는 한마디에 자신을 내맡긴 적이 허다하다.

◇ ◇ ◇

"나는 당신에게 성공을 위한 확실한 공식을 알려줄 수
없다. 하지만 실패를 위한 공식은 말할 수 있다. 그것은
언제나 모든 사람을 기쁘게 하려고 노력하는 것이다."
_허버트 바야드 스워프, 최초의 퓰리처상 수상자

◇ ◇ ◇

게으름이 한국에서 죄악시되는 데에는, 역사 속에서 형성된
통념 못지않게 주변 사람들의 시선도 크게 작용한다. 옆 사람
과의 차이를 쉽게 용인하지 않는 사회적 분위기 속에서 우리
는 '바쁘게' '열심히' '부지런하게' 이 세 단어를 마치 신앙처
럼 떠받들며 살아왔고, 그 결과 '한강의 기적'이라고까지 불
릴 만한 놀라운 경제 성장을 이루었다. 그렇기에 이 단어들
을 별 의심 없이 '잘 먹고 잘사는 것'과 깊이 연관 짓곤 한다.
그러다 보니 지금 더 많이 희생할수록, 더 많은 시간을 쏟아
몸이 부서져라 일할수록 훗날 좋은 성과를 낳으리라고 믿게
되었다. 나아가 이것이 내 자신의 가치를 높여준다는 굳은 확
신까지 갖게 되기도 했다.

더 열심히 일할수록 나의 가치가 올라간다면, 왜 우리에게는 시간의 자유가 점점 사라지는 것일까? 나의 가치가 올라간다는 것은 곧 더 많은 일과 책임을 떠맡게 된다는 것일까? 그렇게 해서 끊임없이 우리의 시간을 빼앗기게 된다면, 과연 그것이 잘 살고 있는 인생이라 말할 수 있을까?

산업혁명 이후 공장에서의 노동은 여러 근로자들이 함께해야 하는 일이었다. 이 속에서는 단합 정신이 중요하게 여겨졌다. 이들의 노동력을 착취하려는 자, 즉 자본가의 입장에서는 노동자들이 더 부지런하고 바삐 움직이게 만들어야만 더 많은 이윤을 창출할 수 있었다. 카페인이 들어 있는 커피나 홍차가 세계의 역사를 지배하는 음료가 된 것도, 이러한 흐름을 반영한 것이라는 주장이 많다. 혹시 게으름은 사회의 악이고 게으르면 가난해진다고 말하는 가르침 역시, 자본주의 시대 강자들의 세뇌는 아닐까?

우리는 사회 시스템 속에 자신을 끼워 넣고 개인을 숫자로 줄 세우는 훈련을 오랜 시간 동안 받아왔는지도 모르겠다. 살면서 나 자신으로 사는 것이 제일 중요하다고 말해주는 사람은 별로 없으니까. 학창 시절엔 오히려 그것이 사회윤리에 어긋나는 것처럼 느껴지기도 했다. 주위에 보이는 사람들처럼, 되도록 세상사에 이것저것 관여하고 더 분주해지면서 그 속에서 만족을 누리기 위해 애썼다. 그러면 인정과 사랑을 받을 수 있었으니까. 튀는 행동을 해서는 곤란했다. 우리는 우리 삶에서 의미 없는 일을 너무 많이 하느라 정작 더 중요한 일은 끊임없이 뒤로 미루곤 했다.

◇ ◇ ◇

"고독과 게으름은 상상력을 자극한다"라는 러시아의 대문호 도스토옙스키의 말을 좋아한다. 많은 이들이 당연하다고 말하는 것에 의문을 제기하려면 이에 대해 고민할 '시간'과 '여유'가 필요하다. 그 속에서 자신만의 주체적인 생각이 탄생하고, 자신이 가고자 하는 길을 스스로 결정할 수 있게 되는 셈이다.

나는 세상이 부정적으로 말하고 거부하는 명제들에 도리어 '왜 그것이 나쁜가? 나에게도 과연 그러한가?'라는 물음표를 달곤 한다. 누군가 특정 명제를 참이라고 말한다면, 다른 어딘가에는 반드시 그 역을 참으로 믿는 사람들이 존재하기 마련이다. 그렇기에 하나의 명제가 정말 모두에게 '참'인지 생각해보고, 스스로 근거를 제시하며 판단하는 훈련을 하고 있다.

게으름이라는 단어에 대해서도 내 나름의 정의를 다시

내려보았다. 내게 게으름은 결코 죄악이 아니다. 나에게 게으름이란 내 마음의 진실을 들여다보는 일을 회피하지 않고, 내면의 미세한 자극에도 응답할 수 있도록 잠시 멈추는, 지극히 아름답고 정상적인 행위이다. 나아갈 방향도 모른 채 막연하게 그저 높은 곳을 향하여 빠르게 전진해 가고 싶지는 않다. 이유도 모른 채 많은 사람들이 좇는 길이라 하여 나의 소중한 돈과 에너지를 거기에 쏟아붓지 않겠다. 그래서, 나는 오늘보다 내일 더 많이 게으르고 싶어졌다.

꼭 완벽하지 않아도 괜찮아요

지금 내 주변에 남아 있는 사람들을 돌아보면 공통점이 있다. 바로 나의 불완전함을 오롯이 감당해주는 이들이라는 것. 하지만 이는 그들이 내 불완전함을 감당하겠다는 의지를 보여주었기 때문만은 아니다. 나의 불완전함을 확인하고 싶어 하지 않는 사람들이 자연스레 내 곁을 떠나간 까닭이기도 하다. 시간이 지나면 결국 진짜 소중한 사람들만 내 옆에 남는다고 말한다. 살다 보니 가족밖에 없더라, 라고 말하는 경우도 많다. 그런데 정말 그게 가족끼리는 피가 통해서, 라는 이유 때문일까. 아니 어쩌면 '가족이기 때문에' '가족이니까' 내가 감당하겠다는 마음이 먼저인 것이 아닐까. 피는 물보다 진하다지만 내겐 마음이 더 진해 보인다.

◇ ◇ ◇

살다 보면 많은 타인이 내 옆을 스쳐 간다. 마트에 쇼핑을 하러 갈 때 우연히 부딪치게 되는 이도 있고, 일을 하거나 어딘가에 잠시 몸담으며 마주치게 되는 이들도 있다. 그리고 우리는 그들 앞에서 가면을 쓰고 싶어 한다. 거의 대부분의 경우 그 가면의 이름은 완전함이다. 우리가 완전함이라는 가면을 쓰는 것은 누군가 우리에게 그것을 강요했기 때문일 수도 있지만, 대개는 우리들 자신이 완전함이라는 허울을 쓰고 싶어 하기 때문이다. 우리는 기왕이면 사람들 앞에서 '좋은 사람' '꽤 괜찮은 사람'이고 싶어 한다. 기왕이면 잘하고 싶어 하고 멋지게 보이고 싶어 한다.

상대방이 적인지 아군인지 구별하기 어려운 세상 속에서 최대한 나를 숨기고 철저히 다른 사람인 것처럼 가면을 쓰는 것. 이것은 사회생활을 잘하는 방법이기도 하다. 적이 아군이 되기도 하고 아군이 적이 되기도 하는 당연한 현실을 인정하지 못하겠다면, 그건 세상을 탓할 게 아니라 지나치게 순진한 자기 자신을 돌아봐야 하는 일이 되리라.

◇　◇　◇

드라마나 영화를 보면 언제나 결국 승리하는 쪽은 좋은 사람이다. 그리고 거의 대부분 주인공은 좋은 사람이다. 그래서일까, 우리는 여전히 선한 사람이 승리해야 한다고 생각한다.

착하게 사는 사람들이 상을 받아야 하고, 성공해야 한다는 논리를 가지고 있다. 하지만 세상은 그렇게 만만하게 흘러가지 않는다. 착하게 살아도 실패할 수 있고 성공하지 못할 수 있다. 반대로 세상에 해를 끼치고 못되게 살아도 성공하기도 한다. 우리는 그들이 벌을 받기 바라고 고꾸라지길 원하지만, 세상은 그렇게 이분법적으로 딱딱 구분되지 않는다. 그리고 그들의 삶이 어떤 결과로 이어질지 다른 이들은 절대 판단할 수 없을 것이다.

세상은 일견 공평해 보이지만 사실은 굉장히 불공평할 때가 많다. 하지만 누구에게나 불공평하다는 점에서 실은 모든 인간에게 공평한 것이다. 하늘이 특별히 나에게만 좋은 운을 더해준다거나, 내가 세상을 착하게 산다고 해서 나에게 유달리 남들보다 크나큰 선물을 줄 리는 없다. 어느 날 '너는 사실 세상을 구할 슈퍼 히어로로란다'라는 위대한 사명을 줄 리도 없다. 그러니 우리는 이런 현실을 그저 탓하고만 있을 것이 아니라, 주어진 우리 인생을 우리가 믿는 가치대로 묵묵히 살아내는 수밖에 없다.

◇　◇　◇

우리가 사는 세상도 이렇게 불완전하다. 어디 세상뿐인가. 우리가 발을 딛고 있는 지면은 지진이 일어나지 않는 이상 흔들리지 않고 안정되어 있는 것처럼 보이지만, 과학자들에 의하면 지구는 지금 이 시간에도 끊임없이 움직이며 지각변동을 일으키고 있다고 한다. 우리가 흔들림을 느끼지 못한다고 해서 안정적이라 볼 수는 없다. 세상의 많은 것들은 불안정하고 완전하지 않다.

완벽주의. 한자는 다르지만 나는 완벽에서 이 '벽'이라는 글자를 아주 주목해서 바라본다. 완벽주의는 말 그대로 주변 사람들로부터 나를 격리하는 감옥이다. 벽을 치는 것이다. 언제나 완벽하겠다는 말은 그 누구에게도 있는 그대로의 내 모습을 보여주지 않겠다는 뜻과도 같다. 인간은 사람들 속에서 소통하며 성장하는 존재이기에, 그러면 나 자신에게도 좋지 않다. 이 세상 자체도 완벽하지 않다는데, 어떻게 그 안에 살아가는 육십억 인구 중 한 명일 뿐인 내가 완벽할 수 있는가. 이는 스스로에게 갇혀 있는 아주 편협한 사고에서 비롯된 생각일 뿐이리라.

나라는 브랜드로 살아남기 위하여

대도시의 도심 한복판에서 나비를 만났다. 처음엔 내가 잠시 헛것을 보았나 싶어 눈을 비벼보았다. 하지만 정말이었다. 복잡하게 차들이 오가는 오거리 횡단보도 입구에 제법 날개가 큰 나비가 땅바닥을 뒹굴고 있었다. '죽은 건가? 어쩌다 여기까지 와서 쓰러진 걸까?' 처음 보는 날개 무늬를 가진 나비라서 한 번 놀랐고, 그것이 떨어져 있는 장소가 나비에겐 낯선 곳이라 또 한 번 놀랐다.

주워서 날려 보내주어야 할까, 안전한 곳으로 옮겨놓아야 할까. 짧은 순간 여러 생각이 들었다. 다행히 횡단보도 한가운데가 아니었기에 차에 치일 염려는 없었다. 나비는 아직 숨이 붙어 있는지 얇디얇은 날개를 파닥이고 있었다. 곧이어 신호등이 빨간 불에서 초록 불로 바뀌었고 나는 이제 가던 길을 가야 했다. 9, 8, 7, 6, 5……. 고민하는 사이 초록 불의 깜빡임이 점차 미세하게 잦아들고, 한참을 고민하던 나는 오른 발을 바닥에서 겨우 떼어 횡단보도를 건너기 시작했다. 그냥 모른 척하고 가던 길을 그대로 걸어가기로 한 것이다.

걸으면서도 그 나비가 내 뇌를 날개로 쳐대는 것처럼 머리가 쓰려왔다. 나비가 불쌍해서가 아니라, 끊임없이 쓰러지고 아파하는 나를 닮아서 그랬다. 그래서 그 파닥이는 미세한 떨림으로 스스로 일어나 날아오르기를 간절히 바랐다.

"널 믿어. 스스로의 힘으로 제발 일어나 다시 날기를, 살아남아주기를 부탁할게."

굉장히 잔인한 말일 수도 있지만, 그건 나 자신에게 하는 말이기도 했다.

◇　◇　◇

공무원 재직 시절, 퇴사하고 싶지만 용기가 없어 그저 힘없는 얼굴로 하루하루를 이어가던 어느 날, 십 년 후의 미래를 빈 종이에 적어 내려간 적이 있다. 한 달간의 공무원 합숙 교육을 받을 때였다. 행정법, 회계, 근무 예절 등 매일 빼곡하게 들어찬 교육과정으로 숨 가쁘던 어느 날. 지적재산권에 대해 익히는 시간이 있었다. 그때 강사님께서 지나가듯 자기 자신을 브랜드로 만드는 힘에 대해 말씀해주셨다.

"공무원이 되었다고 안주하지 말고 끊임없이 자신의 전

문성을 갈고 닦아, 자신만의 지적재산권을 확보하세요."

이 문장이 온종일 잊히지 않았다.

그날 밤, 기숙사 방에 들어가 잠들기 전 조용히 책상 위에 놓인 스탠드를 켰다. 침대에 엎드려 일기장을 펼쳐놓고 평소 습관처럼 담담하게 펜을 들었다.

"십 년 안에 오늘 수업을 들은 그 강의실에, 나 자신이 브랜드가 되어 강연자로 서겠다. 나만의 전문성을 길러 세상에 좋은 가치를 제공할 수 있는 사람이 되자. 나의 지적재산권을 쌓자."

밑도 끝도 없이 이렇게 적었다. 그때는 앞으로 어떤 삶을 살게 될지 전혀 알 수 없었다. 무슨 경로로 어떤 전문성을 기를지 아무 계획도 없는 상태였다. 공무원을 관두고 싶긴 했지만, 정말 관둘 용기를 낼 수 있을지도 미지수였다. 그랬던 내가 문화/예술 부문 3위에 오른 팟캐스트의 진행자가 되었고, 사람들 앞에서 강연을 하며 산다. 그날 스스로에게 했던 예언을 향해 한 발 한 발 다가가고 있다. 사람의 앞날은 정말 한 치 앞도 알 수가 없는 모양이다.

◇ ◇ ◇

유튜브나 팟캐스트를 통해 내 목소리를 대번에 알아보고 오랜만에 연락을 해 온 지인들도 있었다. 영상 너머 밝은 얼굴과 익숙한 목소리에 내가 굉장히 '행복하게' 잘 살고 있다고 생각하고 있었다. 반은 맞고 반은 틀린 생각이다. 나는 여전히 불안할 때도 있기 때문에. 하지만 '안정적이지 않은 삶'이 곧 '불행한' 삶은 아니다. 그런 면에서 퇴사라는 나의 선택은, 지금까지는 나름 선방(?)한 셈이다.

도전할까 말까, 시도해볼까 말까. 이 질문을 던지는 십중팔구는 '말까' 쪽을 선택한다. 그렇게 우리는 때로, '확실치 않은 좋은 미래'보다 '확실한 불행' 혹은 '적당한 보통'에 머물러버린다. 무엇인가를 선택하고 그 선택에 책임을 진다는 것은 참 두려운 일이다. 하지만 이 두려움에 집중하느라 놓치기 쉬운 게 있다. 바로 그 선택 후에 얼마간 자신을 믿고 기다려주는 시간이 필요하다는 점이다. 이루고자 하는 게 있으면 반드시 시간을 투자해야 하건만, 대부분은 그동안의 자신을 용납하고 기다려주지 못한다. 우리는 늘 빠르게 뭔가를 이루어야만 한다고 여기며 살아왔다. 그래서 단기 합격 비법에 집착하고 빠르게 돈을 버는 방법들에 혹해 사기를 당하기도 한다. 나 역시 살면서, 빨리 성공하는 특별한 방법이 없는지 찾아다니느라 허송세월한 적도 많다. 요새도 가끔은 그런 유혹에 시달린다.

물론 바보 같은 짓이라는 건 안다. 실패를 거듭하며, 그 과정 속에서 '이게 내가 정말 원하는 삶인가?' 돌아보는 시간은 귀하기 때문이다. 퇴사 전과 후 나에 대해 깊이 알게 해준 건 성공 경험보다는 오히려 실패들이었다. 매일 밤 글을 써도 써도 내 작품이, 너무 보잘것없다고 느껴질 때 그런 나를 버텨내는 일. 책이 눈에 들어오지 않을 정도로 마음이 힘든 날에도 어떻게든 책을 붙들고 문자 속에 나를 내맡겼던 일. 매번 반복되는 슬럼프의 패턴을 익히고 생활의 균형을 맞추는 일 등. 하지만 막상 실패를 거듭할 때는 내가 너무 초라하게 느껴져, 잘못 살고 있는 건 아닌지 고민한 적도 많다.

　이제는 초라해도 괜찮다고 스스로에게 말해준다. 나라는 브랜드를 만드는 일의 첫걸음마를 떼며 무수한 시행착오를 하는 과정인데, 어떻게 마냥 멋지고 빛날 수만 있을까. 겉으로 뭐라도 있어 보이는 것처럼 꾸민다고 내 민낯까지 사라질까. 차라리 그 민낯을 일찍이 인정하고 바닥부터 가꾸어가기로 했다. 절대 불가능해 보이는 도전이라 하여 자신을 믿어주지 않고 부딪혀보기를 포기하는 것, 나에게는 이것이 오히려 스스로를 진정 초라하게 만드는 일이다.

되는 일 하나 없어도 미래가 기대되는 이유

누군가 내게 청춘을 무엇에 비유하고 싶으냐고 묻는다면 나는 물과 그늘이라고 말할 것이다. 대개 청춘을 뜨겁고 열정적인 불과 땡볕에 기대 설명한다. 하지만 왜 꼭 청춘은 열정적이고 빛나고 앞으로 나아가야 하는, 어느 한때여야 하는가? 청춘에게도 유연함과 냉철함이 필요하다. 불보다는 물과 같은 이상과 현실의 균형이 필요하다. 청춘은 한때가 아니라 살아 숨 쉬는 모든 날 동안 늘 내 안에 숨 쉬는, 인생 전반의 흐름이 아닐까. 물과 그늘은 격정적으로 뛰어다니는 날들의 열기를 식혀준다. 공무원 퇴사 이후의 나날들은 나에게 그늘이었다. 서늘하고 축축했지만 그렇기에 더없이 좋았다.

◇　◇　◇

나는 분명 언젠가 외국에 나가, 또 다른 삶을 살아볼 수 있으리라. 물론 그곳에서의 삶도 오래 있다 보면 언젠가 일상이 되고 그저 끈덕지게 붙어 있는 현실이 되리라. 하지만 그 언젠가의 나는 공무원을 퇴사하자마자 외국으로 도피하려 했던 과거와는 달리, 떠남을 스스로 선택하는 사람일 것이다. 한국이 싫어서도 주변 시선에 대한 두려움 때문에도 아니라, 그저 내가 살 곳을 주체적으로 결정하기 위해서.

젊은 날의 치기였음을 인정한다. 그걸 '실수'라고 표현해야 하는지는 아직 인생의 일부밖에 살아보지 못한 내게 미지수지만, 완전하지 않은 나이기에 온전치 않은 선택을 했다는 것은 인정할 수 있다. 그때의 나는 꽤나 충동적이었으며 세상을 잘 몰랐다. 나에 대한 막연한 무지와 잘될 거라는 근거 없는 믿음으로 곤경에 빠지기도 했다. 그래서 후회할 때도 있지만, 다시 돌아가도 분명 같은 선택을 하리라는 건, 처음에도 언급했듯이 거짓이 아니다.

인생은 오랜 시간 숙고해서 최고의 선택지를 고르고 평생 그 길을 따라가는 원스톱 게임이 아니었다. 사람이 어찌 처음 선택부터 완성형일 수 있으랴. 그 선택 이후에 걷는 길 가운데 또다시 반복되는 선택 속에서 나는, 불완전한 채로 계속 걸어가리라. 걷다 힘들면 언제든 잠시 멈춰 서리라. "너 지금 멈추면 안 돼. 그럴 시간 없어. 뭐 하고 있는 거야?"라고 누군가 질책하듯 물어도 동요하지 않을 것이다. 생산적인 인간이 최고라는 사회의 목소리에 끌려다니며 나를 벼랑 끝으로 내모는 일은 더는 하지 않겠다고 선언한다.

　지금 나를 보호하고 있는 울타리를 벗어나면 정말 큰일이 날 거라고 두려워하는 사람들이 있다. 엄청난 용기를 내야 할 것 같고, 아직 현실이 되지도 않은 포기와 희생을 벌써부터 각오하느라 얼굴 근육까지 잔뜩 경직된다. 하지만 경험상, 예상과는 달리 그렇게까지 큰일은 좀처럼 일어나지 않는다. 울타리를 벗어난 뒤에도 나는 그저 일상을 살아갈 뿐이다. 오히려 변화에 익숙해지다 보면 단련이 되어, 점점 새로운 것에 대한 두려움이 줄어든다. 원래 우리의 뇌는 겪어보지 않은 일에 더 크게 동요하게 되는 법이니까.

◇　◇　◇

숙박 공유 사이트를 운영하는 미국의 유명 스타트업 에어비앤비. 그들은 어느덧 세계적인 기업으로 우뚝 섰다. 에어비앤비의 시니어 인턴으로 일하는 칩 콘리라는 인물은 자신의 저서에서 이런 말을 했다. 에어비앤비의 창업자인 두 청년들은 결코 창업을 하는 데 있어 몇 년 혹은 몇 달씩 사업 계획 수립에만 골몰하지 않았다고. 그들은 사업 자금을 모으느라 시간을 오래 들이지도 않았다. 단지 매트리스 세 개를 깔고 본인들이 하고자 하는 것을 인터넷에 올렸을 뿐이다. 일단 믿는 바대로 실행해본 거다.

청춘의 때를 지나는 이 길 위에서 내가 배운 건, 나 자신이 그렇게 대단한 사람이 아니라는 거다. 어릴 땐 어느 날 외계인이 찾아와 나를 지구의 영웅으로 만들어줄 것만 같았다. 변신하는 여전사들이 나오는 만화를 볼 때면 내가 그 여전사라도 된 것처럼 황홀해져 장난감을 휘둘러댔다. 그러나 냉정하게 말하면 우리는 그렇게 대단한 사람들은 아니다. 수천만 분의 일에 해당하는 희박한 확률로 일어난다는 '대박 맞는 행운'이 나에게 이루어지리라는 착각은 버리는 게 좋다. 우연히 좋은 일을 만나면 '감사함으로' 받고 계속 나의 길을 걸어가면 된다. 반대로 안 좋은 일을 만나면 지금 당장 그 일의 결과를 속단하려 하지 말아야 한다. 내 경험상 당장의 부정적인 경험이 이후의 부정적인 결과로 이어질 것이라 믿는 건 옳지 않았다. 개별적인 경험들을 내 인생에서 어떤 의미로 남겨두고 연결시킬지 결정짓는 것은 나 자신이었다.

◇　◇　◇

그러니 나는 물과 같은 사람으로 청춘을 걸어가겠다. 여기저기 여러 물줄기로 흘러 세상 곳곳의 다양한 이들을 만나 배울 거다. 스쳐 가는 인연에 감사하고 서로 영향을 주고받는 일을 피하지 않으면서, 그렇게 요란치 않게 흐르는 물줄기가 될 거다. 이번 생엔 잠시 당신 곁에서 쉬어갈게요, 라고 속삭이면서.

이
번

생
엔

잠
시

쉴
게
요

어느 날 문득 최선을 다해 살아보고 싶어지는 순간이 있다. 내 삶이 더없이 소중하게 느껴지는 날. 그날의 나에게 주었던 선물이 요가였다. 스무 살의 여름, 새벽마다 요가원에 나갔다. 술에 취해 새벽까지 비틀거리던 날도 거르지 않았다. 졸린 눈을 비비고 집을 나서면 나처럼 아직은 졸린 듯, 어슴푸레한 새벽하늘을 보는 일이 좋았다. 그 하늘에 중독되었다.

요가원을 찾은 첫날. 처음 배운 건 숨 쉬는 방법이었다.

"숨 쉬는 것처럼 쉬운 게 없는데? 그걸 왜 배우지?"

요가를 하면 단번에 몸이 유연해지고 여러 멋진 동작을 할 수 있을 거라 믿었던 내겐 퍽 난감한 일이었다. 하지만 이때 제대로 숨 쉬는 법을 배운 후 한동안 숨 쉬기에 중독되었다. 후에는 빨대를 입에 물고 호흡을 연습해보기도 했다. 공무원을 퇴사하고 나서 맞이하는 첫날, 집에서 맞는 평일 오전의 햇살이 낯설어 어색한 공기 속에 멍해질 때. 순간의 불안함을 밀어내고 마음에 평온함을 준 건 다른 게 아니라 바로 숨을 쉬는 행위였다.

그로부터 십 년이 지난 오늘, 몸담는 공간도 바뀌었고 몸 상태도 바뀌었겠지만, 그때의 하늘만도 이미 수십 번 수백 번 바뀌어 같지 않겠지만, 다시 용기를 내어 요가원을 찾았다. 십 년 만에 다시 요가를 시작하기로 했다. 이유를 묻는다면 '새로운 숨'을 쉬고 싶었기 때문이라고나 할까. 그래, 맞다. 내겐 새 숨이 필요했다. 숨 쉬는 방법을 새로 배우고 싶었다. 고요 속에 흐르는 나의 근육의 움직임을 숨의 리듬에 내맡기면서. 달라진 점이 있다면 그땐 '더 열심히 살아보고 싶어서' 요가를 배웠다면, 지금은 최선을 다해 '쉬고 싶어서' 배운다는 점이다. 이는 얼핏 보면 정반대의 이유 같지만, '내 삶을 소중하게 여기기 때문'이라는 점에서는 결국 같은 맥락이 된다.

◇ ◇ ◇

우리가 하는 보통의 호흡은 가슴으로 숨을 쉬는 흉식호흡이다. 하지만 요가의 기본 호흡은 복식호흡이다. 배를 이용해서 숨 쉬는 것이다. 처음 복식호흡을 하면 낯설기 때문에 횡격막 중심을 찌르는 듯한 고통이 나를 파고든다. 태어나면서 유일하게 공짜로 얻었다고 믿었던 공기. 그 공기를 들이마시는 일조차 고통이 내포되어 있었다. 유일하게 부모의 도움 없이 홀로 할 줄 알았다고 생각한 게 숨을 쉬는 일이었다. 그런데 그 숨을 쉬는 행위조차 제대로 하려면 고통이 따르는구나, 새삼 신기해진다.

고요함 속에서 숨결을 따라가다 보면 머릿속에 아무 생각도 나지 않는다. 좋은 생각이든 나쁜 생각이든 생각은 꼬리에 꼬리를 물기 마련이고, 그래서 괴로울 때가 많았는데, 그 꼬리를 적절할 때 끊어내는 방법이 단지 숨을 '제대로' 쉬는 일이었다니. 기꺼이 고통을 감내할 가치가 있는 일인 셈이다.

갑자기 궁금해졌다. 왜 숨은 '쉰다'라고 표현할까. 휴식을 취한다는 뜻의 '쉼'과 숨을 쉰다고 할 때의 '쉼'. 우연이라 하기엔 너무 절묘하다. 우리는 휴식한다면서 얼마나 나의 숨에 집중하고 있을까. 쉬는 것조차 '잘' 쉬어야 한다는 강박을 갖게 되는 이 사회 속에서 그렇다면 잘 휴식한다는 건 뭘까.

동사 '쉬다'를 사전에서 찾아보면 매우 다양한 뜻풀이가 나온다. 우리가 보통 "푹 쉬어"라고 말할 때 쓰는 쉼의 의미는 세 가지다. "피로를 풀려고 몸을 편안히 두다." "잠을 자다." "잠시 머무르다." 그리고 "숨을 쉬다"라고 말할 때 쓰는 쉼의 뜻풀이는 다음과 같다. "입이나 코로 공기를 들이마셨다 내보냈다 하다." 그러나 우리의 삶이 반드시 사전이란 틀

안에 갇힐 필요가 없다고 생각하는 나는 오늘 이 두 가지 용도의 '쉼'을 하나의 의미로 내 마음에 담아본다.

내가 이번 생엔 쉬고 싶다고 입버릇처럼 말하면 사람들은 묻는다. "뭐 먹고 살려고?" "젊은 친구가 벌써부터 그러면쓰나. 일을 해야지." 하지만 쉼에도 고통이 따른다. 내가 말하는 쉼은, 더 이상 타인이나 사회의 요구를 따르지 않는 삶을뜻한다. 때로는 세상이 지나치게 소모적이라 규정하는 일도내가 그 가치를 믿을 수 있다면, 기꺼이 하겠다는 의지이다.나의 목소리에 집중하고 내가 믿는 가치 하나만 좇으며 사는것만으로도 우린 많은 시간을 안식하며 살아갈 수 있다.

◇ ◇ ◇

우리는 어쩌면 너무 많은 것들을 좇으며 살려고 하다 보니바쁘고 불안해진 걸지도 모르겠다. 주변 사람들의 기대, 각종 광고들, 자본주의적 기준에서 성공한 삶이 최고의 인생이라는 사회의 목소리까지. 우리 무의식에 이미 깊게 박혀버린너무 많은 기준들이 우리를 괴롭히고 있는 건 아닌지 돌아볼필요가 있다. 그래서 오늘 이 시간부로 나는 나와 상관없는많은 것들에게 끌려다니지 않을 것을 선포한다.

"나는 이유 없이 바쁠 시간이 없습니다."

에필로그

"전지현? 수지? 안 부러워요. 나는 내가 너무 좋거든요."

　　팟캐스트를 진행하던 시절, 무심코 입 밖으로 튀어나온 말이다. 이전의 내가 얼마나 자신감이 낮고 자주 우울해했는지 아는 지인이라면, 깜짝 놀라거나 혹은 거짓말이라 생각했을 거다. 하지만 정작 이 말을 내뱉고 가장 놀란 사람은 나였다. 그만큼 퇴사 후 나에겐 크고 작은 많은 변화가 있었다.

◇　◇　◇

얼마 살지는 않았지만 내가 겪은 세상 속에 잘난 사람들은 너무나도 많았다. SNS를 보면 너나없이 자신의 멋진 모습을 뽐내고 있었고, 여기저기 성공한 사람들의 이야기가 넘쳐났다. 그런 모습들을 보며 생각했다. '이미 세상에는 대단한 사람들이 너무 많은데 나까지 무용담을 뽐내겠다고 내 삶을 희생해가며 애쓸 필요가 있을까. 그들을 부러워하고 따라 하면 나는 정말 행복할까.' 목표를 가지고 그것을 향해 달리는 삶을 행복하게 느끼는 사람이 있는 반면, 목표 없이 그저 흐르는 대로 사는 것을 좋아하는 사람도 있다. 또 나처럼 조금씩 성장하며 뭔가를 배우는 과정에서 기쁨을 느끼는 사람도 있을 것이다. 그렇기에 '이런 삶을 살고 있는 사람도 있다' 정도의 이야기를 나누고 싶어 펜을 들었다.

물론 쉽지만은 않았다. 나의 민낯을 드러낸다는 건 생각보다 큰 용기가 필요한 일이었으니까. 책을 쓰는 중에 여러 번 이런 유혹을 받기도 했다. '나를 좀 더 멋지게 포장하고 싶다. 나름 괜찮은 사람처럼 보이고 싶다.' 아마 이런 갈등이 문장들을 통해 고스란히 드러났을지도 모른다. 그래서 책을 맺으며 독자님들께 이런 마음을 솔직하게 고백하고 싶었다.

◇　◇　◇

이 책은 세상으로부터 도망치고 싶었던 젊은 날의 실패에 대한 기록이기도 하다. 나는 공무원을 퇴사한 후 한국으로부터 도망치고 싶었고, 이전에 내가 갇혀 있던 남들의 시선과 환경으로부터 달아나고 싶었다. 내 가치를 끊임없이 인정받으려 애쓰며 남들 눈치만 보느라, 내가 진짜 원하는 것이 무엇인지조차 몰랐던 나 자신이 싫었다. 그저 지금 내가 있는 곳만 벗어나면 어떻게든 다시 시작할 수 있을 거라 믿었다. 그땐 내가 바뀌지 않으면 내가 있는 모든 자리가 '달아나고 싶은 감옥'이 될 수 있다는 것을 인정하고 싶지 않았다.

너무 힘이 들고 지쳐서 아무것도 할 수 없었던 날들도 많았다. 그럴 땐 "힘내" "나는 널 믿어"라는 친한 이의 말조차 부담스럽게 느껴지곤 했다. 이런 날들이 꽤 오래 반복되다 보니, 요즘엔 차라리 깊은 바닥까지 가라앉도록 나를 일부러 내버려둘 때가 있다. 경험상 이대로 극도로 우울한 상태까지 떨어지고 나면 언젠가 다시 위로 올라갈 지점이 온다는 걸 믿게 되었기 때문이다. 퇴사 후 반복되는 어려움과 실패 속에서 나는 나를 기다려주는 법을 배웠다. '세상에 의미 없는 경험은 없구나.' 다시금 생각하게 되는 오늘이다.

◇ ◇ ◇

진정한 나를 찾는 일도 다르지 않았다. 그렇게 진정한 나를 찾고 싶어서 아등바등할 때는 모르겠더니, 바닥까지 떨어진 자신일지라도 사랑하며 자유를 주기로 하자, 그때부터 원하던 일을 스스로 찾아서 하는 나를 발견할 수 있었다.

'있는 그대로의 내 모습도 꽤 괜찮구나.' 너무 큰 좌절과 실패를 겪으며, 이대로 내 인생이 끝나버리는 줄 알았는데,

아니었다. 나는 지금 주어진 자리에서, 언제든 다시 시작할 수 있었다. 그래서 지난 시간이 후회되고 인생을 완벽하게 리셋하고 싶은 충동이 일어도 과거의 나를 원망하는 바보 같은 일은 하지 않기로 했다.

모든 걸 다 잘할 필요는 없다는 걸, 내가 그렇게 대단하거나 완벽한 사람이 아니라는 걸 인정하고 나면, 약점을 숨기기 위해 타인 앞에서 멋져 보이려 애쓸 필요가 없어진다. 잘 보일 필요가 없으니 나에게도 좀 더 당당해질 수 있다. "이건 할 줄 몰라요. 그러니 앞으로 배워서 잘해볼게요." 이런 말 한마디 하는 것이 예전엔 왜 그리 힘겹고 서툴렀을까.

◇ ◇ ◇

나에게 있어서 성장은 끊임없이 위로 나를 이끌어주는 에스컬레이터 같은 것이 아니었다. 성장하면 할수록 나는 오히려 점점 더 낮아졌다. 마치 맑은 물이 높은 계곡에서 아래로 떨어져 흐르며 자유롭게 물길을 만들어가듯, 내면의 바닥 깊은 곳을 파고들며 원하는 대로 살아도 괜찮다는 것을 깨달을 수 있었다. 그래서 이 시간 삶의 위기를 겪고 있는 사람이 있다면 감히 말해주고 싶다. 너무 자신을 닦달하지 말아달라고. 때로는 자주 들을 법한 식상한 멘트가 가슴에 콕 박힐 수도 있기에, 마지막으로 이 말을 꼭 남기고 싶다.

　"자신이 진정 원하는 것에 솔직하게 반응하는 것이 중요합니다. 그 해답은 남이 가지고 있는 것이 아니라, 이미 우리 안에 있습니다. 우리는 우리 자신인 것만으로 이미 충분합니다. 그걸 믿으세요. 언제나 당신의 삶을 응원합니다."